SERIE INFINITA

M

Jane Johnson

Traducción de
Verónica Canales

Montena

La fabricación del papel utilizado para la impresión de este libro está certificada bajo las normas Blue Angel, que acredita una fabricación con 100% de papelote post-consumo, destintado por lotación y ausencia de blanqueo con productos organoclorados.

Por este motivo, Greenpeace acredita que este libro cumple los requisitos ambientales y sociales necesarios para ser considerado un libro «amigo de los bosques». El proyecto «Libros amigos de los bosques» promueve la conservación y el uso sostenible de los bosques, en especial de los Bosques Primarios, los últimos bosques vírgenes del planeta.

Título original: *The Secret Country*
Publicado por acuerdo con Simon & Schuster UK Ltd., Londres

Primera edición: octubre de 2006

© 2005, Jane Johnson
© 2006, Random House Mondadori, S. A.
　Travessera de Gràcia, 47-49. 08021 Barcelona
© 2006, Verónica Canales Medina, por la traducción
© 2005, Adam Stower, por la cubierta y las ilustraciones

Quedan rigurosamente prohibidas, sin la autorización escrita de los titulares del *copyright*, bajo las sanciones establecidas en las leyes, la reproducción parcial o total de esta obra por cualquier medio o procedimiento, comprendidos la reprografía y el tratamiento informático, y la distribución de ejemplares de ella mediante alquiler o préstamo públicos.

Printed in Spain – Impreso en España

ISBN-13: 978-84-8441-333-2
ISBN-10: 84-8441-333-0
Depósito legal: B. 30.150-2006

Compuesto en Fotocomposición 2000, S. A.

Impreso y encuadernado en Liberdúplex, S. L. U.
Sant Llorenç d'Hortons (Barcelona)

GT 1 3 3 3 2

PRIMERA PARTE

Aquí

1

La Gran Pajarería del señor Dodds

Ben Arnold no era un chico que llamara mucho la atención por su aspecto. No, a menos que uno lo mirara de cerca. Su pelo era de color pajizo y siempre lo llevaba alborotado; tenía las piernas como palillos y unos pies bastante grandotes. Sin embargo, tenía una mirada como ausente, y si te acercabas lo suficiente para verle los ojos, descubrías que uno era de color avellana y el otro de un verde intenso y brillante. Ben creía que esa rareza era el resultado de un accidente sufrido durante su infancia. Según le había contado su madre, cierto día, cuando era bebé y lo llevaba por la calle principal en su cochecito, había asomado la cabeza de golpe y se había dado un topetazo con una farola. Lo habían llevado a toda prisa al hospital y, cuando le dieron el alta, uno de los ojos castaños se le había puesto verde. Así de sencillo. En realidad, Ben no recordaba el accidente, aunque hacía tiempo que había dejado de preocuparse por ello. En cualquier caso, tenía otras cosas en las que pensar.

Esa fue la razón por la cual, aquella mañana de sábado, iba caminando tan contento por Quinx Lane, con el corazón desbocado por la impaciencia. Había tardado semanas en ahorrar para eso. Un día, al regresar del colegio, tras pegar la nariz al escaparate de la pajarería del señor Dodds, había visto algo especial que lo había obsesionado desde entonces. Entre toda la colorida parafernalia de la tienda, con un aspecto tan llamativo y reluciente como las joyas, moviéndose hacia atrás y hacia delante en su acuario iluminado, con sus aletas ondeando como los banderines de la lanza de un caballero medieval, había dos extraños peces luchadores mongoles, como anunciaba un cartel de color naranja fosforescente. Ben se preguntó si harían honor a su nombre y, de ser así, cómo lucharía un pez. Tomó aire y decidió entrar en la tienda en ese mismo momento para preguntar cuánto costaban. Y a punto estuvo de caer desplomado cuando el señor Dodds le dijo el precio, así que se marchó a casa con cara de pocos amigos, en silencio y con paso vigoroso, mientras iba rumiando diversos planes de ahorro.

Desde entonces, había pasado a diario por la tienda para comprobar que los peces seguían allí. Deseaba que fueran suyos más de lo que había deseado nada en toda su vida.

¡Peces luchadores mongoles!

Los deseaba, los codiciaba, y eso le parecía increíble porque para él, hasta ese momento, ese verbo, «codiciar», solo tenía ligeras connotaciones bíblicas. Todas las noches, antes de acostarse, se los imaginaba nadando en un acuario misterioso con iluminación tenue y frondosas algas. Cuando se dormía, los peces nadaban en sus sueños.

Ahorró el dinero de su cumpleaños (¡doce al fin!), la paga semanal y todo lo que pudo conseguir gracias a recados especiales y trabajos excepcionales. Le limpió el coche a su padre (tres veces, aunque era un antiguo Morris, y le sacó brillo hasta dejar casi relucientes las partes oxidadas); podó el césped de la entrada (y el arriate de flores cuando el cortacésped se le descontroló, aunque, por suerte, nadie se había dado cuenta); peló patatas y limpió los cristales; pasó la aspiradora, limpió el polvo y planchó la ropa, e incluso (y eso tuvo que ser muy, pero que muy horrible) cambió los pañales a su hermanita, lo que puso loca de contenta a su madre.

En poco tiempo reunió una suma considerable de dinero, que llevaba siempre encima para que su hermana mayor no se lo quitara.

—¡Seguro que te quema en el bolsillo! —le había dicho su madre bromeando.

Ben se preguntó qué ocurriría si de verdad le quemara el bolsillo. De haberse prendido fuego, ¿se habría detenido en la pierna? ¿O habría seguido incendiándose y le habría atravesado la carne, y habría ido a parar a la calle, se habría colado por el desagüe y habría llegado al centro de la Tierra? Dios sabe qué ocurriría si no compraba los peces: ¡si no lo hacía podía desencadenarse el fin del mundo!

Dobló la esquina de la calle principal y llegó a Quinx Lane, y allí estaba la tienda, apretujada entre el supermercado de la cadena Waitrose y la farmacia de la cadena Boots. Las enormes y recargadas letras doradas de la entrada lo anunciaban con pomposidad: Gran Pajarería del señor Dodds. Su padre decía que visitar ese lugar era como retroceder en el tiempo, y Ben sabía más o menos lo que eso significaba, aunque era incapaz de explicarlo. Era una tienda abarrotada de rarezas y cachivaches desordenados. Un lugar repleto de maravillas y cosas extrañas. Uno nunca sabía qué podía acabar pisando. Entre relucientes jaulas plateadas, collares y correas, juguetes de goma con pito incluido, camitas para perros y hamacas para gatos, serrín y pipas de girasol, hámsteres y pájaros parlantes, lagartos y cachorros de labrador, uno tenía la vaga sensación de que podía toparse con una maraña de tarántulas, un nido de escorpiones, un grifo durmiente o un oso perezoso gigante. (A Ben jamás le había ocurrido eso, pero no perdía la esperanza.)

Mientras contenía la respiración, el chico miró a través de la sucia luna del escaparate. Seguían allí, al fondo de la tienda: sus peces luchadores mongoles, nadando en círculo sin importarles el resto del mundo, sin ser conscientes de que, ese día, su vida cambiaría para siempre. Porque había llegado el día de salir de la pajarería del señor Dodds y viajar —en la mejor bolsa de plástico que el dinero pudiera comprar— hasta la habitación de Ben: en Underhill Road número 27, un poco más allá de la parada del autobús número 17, en Grey Havens, descansillo del primer piso. Esa misma tarde, el Terrible Tío Aleister iba a ir a su casa a dejar un viejo acuario que ya no utilizaba. (Para Ben, «terrible» se había convertido en un adjetivo inseparable del nombre de su tío, por muchísimas razones que tenían relación con su risa de rebuzno, su voz chillona y su insensibilidad total. Además del hecho de que su tía Sybil y él hubieran engendrado a su odiosa prima Cynthia.)

Con la sensación de que el destino estaba en sus manos, Ben empujó la pesada puerta con marco de latón. De inmediato, le sobrecogió el ruido del interior: píos, graznidos y chillidos, susurros, ronquidos y ladridos. La verdad es que resultaba bastante alarmante. De repente agradeció que los peces no hicieran ruido. Aunque quizá los peces luchadores mongoles sí podían hacer ruido. Una mascota mal criada podía constituir un padecimiento horrible para su madre, como le había recordado su tía Sybil. Varias veces. Y hablaba con conocimiento de causa, porque las pirañas de Cynthia no habían sido precisamente los animales de compañía mejor educados del mundo. Pero esa era otra historia.

La madre de Ben llevaba un tiempo sin encontrarse bien. Se quejaba de cansancio y jaquecas, y siempre tenía unas ojeras muy hundidas y oscuras. Nadie sabía qué le ocurría, aunque empeoraba con el paso de los días. Como decía el padre de Ben, siempre había estado «delicada». Sin embargo, en las últimas semanas, había empeorado más que nunca, y le resultaba más fácil desplazarse en una silla de ruedas que caminar. A Ben le entristecía mucho ver cómo su padre tenía que cogerla en brazos por las noches para llevarla a su habitación.

Algunas veces, el chico encontraba a su padre sentado en silencio en la mesa de la cocina con la cabeza entre las manos.

—¡Es como si fuera alérgica al planeta entero! —había dicho en una ocasión con abatimiento.

Sin embargo, su madre no era alérgica a los animales. Le encantaban los animales. Como suele decirse, tenía buena mano con ellos. Los gatos callejeros acudían a ella como salidos de la nada. Los perros la seguían por la calle y le tocaban las manos con el hocico. Los pájaros se posaban en el suelo frente a ella. Ben había visto incluso una paloma posándose en su hombro como si hubiera querido decirle algo. Y su madre lo había animado a ahorrar para comprarse los peces.

—Cuidar de otras criaturas te enseña a ser responsable —había dicho—. Es bueno cuidar de otro ser que no seas tú mismo.

Un hombre pasó por delante de Ben y, durante un segundo, el chico sintió muchísimo miedo de que se acercara al mostrador a toda velocidad y pidiera al ayudante del señor Dodds que le pusiera sus peces en una bolsa. Sin embargo, en lugar de eso, cogió un saco de pienso para perros, puso de golpe un billete de diez libras en el mostrador y salió sin esperar el cambio. En la calle lo aguardaba un perro enorme y negro, atado y bien atado con la gruesa correa a una barandilla de metal, con los ojos clavados en el hombre mientras de las rosadas encías le chorreaba la baba que iba a caer a la acera. Impaciente, Ben pasó por encima de un montón de paja desparramada, esquivó una colección de extraños abriguitos de tela escocesa con hebillas, se abrió paso entre una estrecha hilera de jaulas, en una de las cuales había un ruidoso pájaro negro con ojos de color naranja y…

Se detuvo en seco.

Intentó dar un paso hacia delante, pero algo, ¿o alguien?, se lo impedía. Miró a su alrededor, pero no vio nada detrás de él. Sacudió la cabeza y volvió a mirar. Y una vez más tiraron de él hacia atrás. Debía de haberse enganchado el jersey en una de las jaulas.

Se volvió con mucho cuidado para que no se le estropeara el jersey. No hubiera estado bien volver a casa con un par de peces luchadores mongoles y un jersey hecho jirones. Toqueteó la parte de la prenda que se había enganchado y encontró, no una punta, ni un cable, ni un saliente afilado, sino algo cálido y peludo, que al mismo tiempo era tan duro como el acero. Volvió la cabeza hasta notar dolor en el cuello y bajó la vista al suelo. Era un gato. Un gatito negro y marrón con unos brillantes ojos dorados y un zarpazo bastante enérgico. Al parecer, había logrado asomar la patita entre los barrotes de la jaula y clavar sus afiladas uñas en el jersey del chico. Ben sonrió, ¡qué gracioso! Hizo un intento de desengancharse, pero el gatito apretó aún más la zarpa. La lana del jersey se arrugó y quedó hecha un guiñapo. Ben dejó de sonreír y frunció el ceño.

—¡Suéltame! —dijo entre dientes, agarrando las fuertes zarpas.

El gato lo miró sin pestañear. Luego dijo con mucha claridad y con una voz tan ronca como la de un detective privado muy aficionado al tabaco:

—No podrás salir de esta tienda sin mí, amiguito.

Ben se quedó pasmado. Miró al gato, luego echó un vistazo alrededor de la tienda. ¿Alguien más lo había oído, o es que estaba soñando despierto? Sin embargo, los demás clientes estaban todos a lo suyo: mirando las pilas de hámsteres que dormían, tan panchos, unos sobre las cabezas de otros; metiendo palitos entre los barrotes de la jaula del loro para que hiciera algo llamativo; comprando una docena de ratones vivos para alimentar a alguna serpiente pitón…

Se volvió hacia el gato. Seguía mirándolo de esa forma tan desconcertante, con los ojos muy abiertos. Empezó a preguntarse si lo que ocurría es que no tenía párpados o si es que estaba ahorrando energías. Tal vez se había vuelto loco. Para probar su teoría, Ben dijo:

—Me llamo Ben y no soy tu amiguito.

—Ya lo sé —respondió el gato.

2
Un cambio de idea repentino

—He venido a comprar peces —dijo Ben—. Peces luchadores mongoles. —El gato seguía sin parpadear—. Están allí, ¿Los ves?

El gato parpadeó con cara de aburrimiento y miró hacia el banco sobre el que estaban los acuarios de cristal, pegados a la pared del fondo de la tienda. Seguía con las zarpas bien clavadas en el jersey de Ben.

—¡Ah, peces! —exclamó el minino—. Tú no quieres peces. ¿A quién le interesan las mascotas mojadas?

—A mí —replicó Ben, mosqueado—. Hace semanas que ahorro para comprármelos.

—Pero ¿qué saben hacer los peces? —preguntó el gato con tono de perdonavidas—. Lo único que saben hacer es nadar de aquí para allá todo el santo día… —Se quedó pensativo durante un instante—. Y algunas veces se mueren y se quedan flotando en la superficie. No son precisamente la alegría de la huerta. Ni tampoco influyen mucho en el funcionamiento del mundo.

—Mis peces —dijo Ben como si ya fueran suyos— son peces luchadores mongoles. Son peces que… luchan.

El gato lo miró con gesto interrogante. Ben podría jurar que lo había visto enarcar una ceja, pero como los gatos tienen toda la cara cubierta de pelo y no solo la parte de las cejas, era difícil asegurarlo.

—Evidentemente —dijo el felino, esta vez con un claro retintín desdeñoso—, sabes muy poco de peces. De hecho, no sabes nada de peces luchadores mongoles. Hay tanto peces bonitos entre los que elegir que ¿cómo convences a un niño para que malgaste sus ahorros ganados con tanto esfuerzo? Pues le pones un nombre interesante al pez y haces que el cliente deje volar la imaginación.

Y por fin parpadeó.

Ben estaba furioso.

—¡Eso no es verdad! Vi una foto de esos peces en *La gran enciclopedia de los peces*…

—¿Y quién escribió ese valioso mamotreto?

Ben se concentró tanto como pudo. Visualizó la cubierta del libro, con el maravilloso pez ángel y el pez arquero, el pez perro y el pez gato, el pez conejo, la raya claveteada y el pez tigre, el mero y los pejerreyes gruñones. Y en medio de todos ellos, nadando en un mar de aletas, escamas y alargadas letras negras tan lustrosas como la piel de un tiburón, vio el nombre de A. E. Dodds...

Se quedó cabizbajo.

—¿Quieres decir que es una artimaña?

El gatito asintió en silencio.

—La peor de las mentiras. —Miró al niño con solemnidad—. Al fin y al cabo, Mongolia es un país sin mar y desértico casi en su totalidad. No es un sitio muy conveniente para un pez.

—Y ahora me dirás que tampoco saben luchar...

El gato se encogió de hombros.

—Quizá discutan un poco. Supongo.

A Ben lo tapó una sombra.

—Disculpa, muchachito —dijo la persona que proyectaba la sombra—. ¿Qué es lo que tampoco sabe luchar?

Ben levantó la vista. El señor Dodds estaba de pie frente a él. Mejor dicho, como era un hombre muy alto, se cernía sobre él. No tenía el aspecto típico de dueño de pajarería. No era anciano ni tenía cara de buena persona, y no llevaba un mono cubierto de pelos de perro. Tampoco llevaba pequeños anteojos de media luna, ni olía a pienso para conejos. No, el señor Dodds vestía un elegante traje italiano con estrechas solapas y botones muy brillantes. Llevaba una pajarita confeccionada con una especie de piel de extrañas manchas, como la lustrosa piel de un leopardo, y lucía una sonrisa tan blanca que parecía de anuncio de dentífrico.

A Ben se le encogió el corazón. El señor Dodds solía provocar ese tipo de reacción en la gente.

—Esto... ¿Los peces luchadores mongoles?

—¡Tonterías, chavalín! Luchan como fieras. Aquí no, claro, tienen demasiadas distracciones, pero cuando te los lleves a casa, a una habitación bonita y silenciosa, se echarán uno al cuello del otro en menos que canta un gallo. Son unas mascotillas encantadoras.

Ben estaba empezando a albergar serias dudas sobre las ilusiones que se había hecho durante las últimas semanas. Aunque el señor Dodds estuviera en lo cierto, la idea de tener una pareja de peces que de verdad quisieran hacerse daño le resultaba cada vez menos interesante. Lleno de valentía, miró al dueño de la pajarería directamente a los ojos. El señor Dodds tenía un par de ojazos, unos ojos tan negros que parecían todo pupilas sin iris, como si absorbieran toda la luz que tenían a su alrededor sin que se produjera reflejo alguno en su superficie.

—He oído —empezó a decir Ben con nerviosismo— que algunas criaturas no siempre actúan haciendo honor al nombre que tienen. Y además —añadió a toda prisa—, en Mongolia no hay mar, y por tanto, no hay... peces.

El señor Dodds abrió un poco más los ojos. Pasado un segundo, su sonrisa también se ensanchó, pero la expresión que había aflorado en su rostro no indicaba que estuviera divirtiéndose.

—¿Y quién podría haberte dado esa información tan interesante, chavalín? —preguntó con amabilidad.

Ben miró al suelo.

—Sigue hablando, Ben —dijo el gato con su voz ronca—, dile quién te lo ha dicho. —El gato le sonrió con poco ánimo de ayudar.

Ben levantó la vista y vio que el señor Dodds lanzaba una mirada penetrante al minino, esa mirada decía que le hubiera gustado estrangularlo o tragárselo sin más, con pelos y todo, de un solo bocado. Sin embargo, era difícil saber si había podido oír el intercambio de palabras entre el chico y el gato o si lo que ocurría es que detestaba al felino.

—Esto... —dudó Ben—, no me acuerdo. Tal vez lo haya leído en un libro.

—¡Oh, sí! —soltó el gato con sarcasmo—. Lo has leído en *La gran enciclopedia de las mentiras del señor Dodds*, ¿no?

El dueño de la pajarería dio un paso hacia delante, rápido como el rayo, e hizo algo que provocó que el gato lanzara un gemido. Ben se volvió con cara de espanto, y vio que el señor Dodds estaba desenredando, con aparente cuidado, las zarpas de la criatura de su jersey.

—¡Mechachis! —exclamó el señor Dodds con simpatía—. Este pillastre se ha enganchado a ti.

Dicho esto, dio un último tirón malicioso a la zarpa y empujó al gato con un brusco gesto del dedo. El gato le bufó con las orejas bien pegadas a la cabeza y volvió a agazaparse en la jaula.

El señor Dodds se irguió. Parecía más alto que nunca.

—Tienes que escuchar a tu corazón, chavalín, cumplir los deseos que te dicte. No es bueno aspirar a un sueño y no llegar al fin del mundo para hacerlo realidad. —Dedicó a Ben una mirada maliciosa y un guiño para animarlo—. Haz lo que debes, hijo, gástate el dinero que has ahorrado durante estas semanas. No podemos dejar que te queme en el bolsillo hasta que te haga un agujero, ¿no es verdad? —El señor Dodds avanzó hacia los acuarios, alargó la mano para coger el pequeño colador de plástico y sacar los peces luchadores mongoles y miró a Ben con expectación.

Ben miró al gatito negro y marrón. Estaba acuclillado en el fondo de su jaula con la patas pegadas al pecho. Cuando el chico volvió a mirarlo, tenía la mirada triste y al mismo tiempo con cierta rabia ligeramente contenida. Ben tuvo la sensación de que se trataba de un reto, una invitación. Miró los peces. Rodeaban con lentitud el puente en miniatura con el que alguien había decorado su acuario, totalmente ajenos al mundo y su funcionamiento. Uno de ellos ascendió nadando a la superficie, la iluminación artificial se reflejó en sus escamas, que brillaron como si estuvieran hechas de rubíes o zafiros, y se dio con la cabeza en la salida para la ventilación. Ben decidió que eran muy bonitos, aunque no parecían muy inteligentes. Volvió a mirar al señor Dodds —que estaba allí de pie, como un camarero en un restaurante de postín, con la tapa del acuario en una mano y el colador en la otra, listo para servir su pedido— y tomó una decisión trascendental.

—¿Cuánto pide por el gato?

El señor Dodds no iba a desistir.

—Esa bestiecilla no le conviene a un niño tan bueno como tú, chavalín. Tiene muy mal carácter.

Ben escuchó un bufido procedente de la jaula que tenía detrás.

—No te creas ni una palabra de lo que dice. —El gato estaba sentado junto a los barrotes, cogiéndolos con las zarpas—. Nunca mordí a nadie. —Hizo un pausa, luego ronroneó—. Bueno, a nadie que no lo merezca. —Le lanzó al señor Dodds una mirada severa y, a continuación, se volvió hacia Ben con mirada suplicante—. Tienes que sacarme de aquí...

Alguien puso una pesada mano en el hombro del chico. Levantó la vista y vio al dueño de la pajarería sonriéndole con benevolencia. Era una mirada que incomodaba.

—Tengo que hablar contigo, chavalín —dijo el señor Dodds, al tiempo que apartaba a Ben de la jaula del gato—. Te haré una oferta especial por los peces: dos por el precio de uno, ¿qué te parece? No se puede mejorar, ¿verdad? Te lo advierto, ¡me quedaré sin tienda si dejo que mi buen corazón siga interviniendo en mis asuntos de negocios! —La sonrisa amable se convirtió en una sonrisa de oreja a oreja. Ben se dio cuenta de que el señor Dodds tenía los dientes bastante afilados, parecían dientes de perro más que de ser humano, o incluso de tiburón…

—No, señor… señor Dodds, he cambiado de opinión. Ya no quiero los peces, quiero el gato. Es… —intentó pensar en una descripción convincente—… bastante gracioso.

—¡¿Gracioso?! —chilló el gato con indignación—. ¡Deberías tener un poco de dignidad con un pobre diablo como yo! ¡Conque gracioso…! ¡Por los colmillos de la diosa Bastet! ¿A que no te gustaría que yo te llamara gracioso, eh?

En ese momento, el señor Dodds estaba frunciendo el ceño, y su educada sonrisa parecía de todo menos sincera.

—Lo siento, chavalín, pero no puedes quedarte el gato —dijo con los dientes apretados—. Ya se lo he prometido a otra persona, y no hay más que hablar.

—No tiene un cartel de «vendido» —apuntó Ben con razón.

El dueño de la pajarería se inclinó hacia él, tenía la cara encendida por la rabia.

—Escúchame bien, chavalín: esta tienda es mía y yo vendo mis animales a quien me da la gana. Y no me da la gana venderte el gato. ¿Está claro?

Se oyó un terrible maullido a sus espaldas. Todos los presentes en la tienda dejaron de hacer lo que estaban haciendo, sobresaltados. El gato estaba retorciéndose de dolor con las patas en el vientre y maullando como loco. Ben se acercó corriendo a la jaula.

—¿Qué ocurre?

El minino le guiñó un ojo.

—No te preocupes: yo también guardo un par de ases bajo el pelaje... —Empezó a maullar de forma ensordecedora.

El señor Dodds lo miró con el ceño fruncido. A continuación, se agachó hasta colocar la cara al mismo nivel que la del gato y le dijo con calma:

—No creas que te vas a salir con la tuya. Ya me conozco tus tretas.

Una mujer joven que llevaba un bebé cogido en brazos se quedó perpleja ante ese gesto tan severo. Le susurró algo al oído a su marido, quien dio un golpecito en el hombro al señor Dodds.

—Disculpe —dijo el hombre—, ese gatito no tiene muy buen aspecto. ¿No debería atenderlo?

El señor Dodds le dedicó al hombre una sonrisa zalamera, aunque severa.

—Ese gato es un cuentista de tomo y lomo —dijo—. Haría cualquier cosa por captar un poco de atención.

Una anciana corpulenta con gafas de colores se sumó a la discusión.

—¡Tonterías! —exclamó—. ¡Pobrecito! Los animales siempre saben cuándo les ocurre algo malo. —Metió un dedo regordete entre los barrotes. El gato avanzó con gesto enfermizo hacia él y acarició la mano de la anciana con la cabeza—. ¡Aaah! —gimoteó la señora—. También saben cuándo un ser humano puede ser quien lo ayude a sobrevivir.

Ben vio una oportunidad en esa afirmación.

—Quiero comprarlo y llevarlo al veterinario —dijo en voz alta—. Pero él no me deja, no para de intentar venderme unos peces carísimos en su lugar.

Se había amontonado una multitud bastante nutrida a su alrededor, la gente murmuraba y sacudía la cabeza con gesto de desaprobación. El señor Dodds parecía enfadado y agobiado. El gato lanzó a Ben una mirada cómplice.

—Bueno, está bien —claudicó el señor Dodds apretando sus terribles dientes. Miró sonriente a la multitud, luego hizo un gesto amistoso con la mano y la apoyó en el hombro de Ben. El chico sintió que le clavaba las uñas en la piel a través del jersey. Eran duras y callosas como zarpas—. Llévate el bicho.

Cuando los demás clientes ya no podían oírlo, el señor Dodds fijó el precio. No solo sumaba la totalidad del dinero que Ben había ahorrado para sus peces luchadores mongoles, además tendría que gastar todo el dinero que tenía para el autobús. El señor Dodds se lo quitó de las manos con muy poca delicadeza y salió dando pasos firmes hacia la trastienda para buscar una caja de cartón donde transportar el gato. Ben se agachó para ponerse a la altura del felino.

—No tengo ni idea de lo que está pasando —dijo con una gran seriedad—. Así que, en cuanto salgamos de aquí, tendrás que darme muchas explicaciones. Ahorrar todo ese dinero me ha costado un montón de semanas, y no sé qué dirán mis padres cuando vuelva con un gato parlante y sin los peces.

El minino puso gesto de suficiencia.

—Tú considéralo como el primer paso para salvar el mundo, ¿vale? Por si eso hace que te sientas mejor. Él se acerca, así que cállate y compórtate como un cliente agradecido.

Ben hizo lo que le habían ordenado con tanta diligencia que, al final, el señor Dodds sintió la obligación de regalarle dos latas de comida para gato, «como gesto de buena voluntad», había dicho. Dos minutos después, Ben estaba en la calle con una caja de cartón en los brazos y dos latas justo encima que mantenía en precario equilibrio. Mientras avanzaban lentamente por Quinx Lane, Ben notaba la mirada del señor Dodds clavada en su espalda, hasta que dobló la esquina para entrar en la calle principal, donde el barullo del tráfico y los tenderos hicieron que la última media hora de camino pareciera incluso más extraña. Ben empezaba a pensar que había sufrido una especie de alucinación o que había soñado despierto cuando la caja empezó a hablarle.

—Gracias, Ben —dijo, y la voz inconfundible y grave adoptó un tono solemne—. Literalmente, me has salvado la vida.

Ben se alejó la caja para poder mirar por los agujeritos que tenía para la entrada de aire. Como respuesta, asomó un hociquito rosado, olisqueó un par de veces a su alrededor y volvió a retroceder.

—Entonces, ¡puedes hablar! —Ben tragó saliva—. Creía que me lo había imaginado.

—Todo habla, Ben, pero no todo el mundo puede oírlo —sentenció el gato con tono enigmático.

3

Las pirañas de Cynthia

Grey Havens, en el número 27 de Underhill Road, era una casa adosada de lo más normal y corriente, situada en una larga hilera de casas adosadas de lo más normal y corriente a las afueras de la ciudad, pero a Ben le encantaba. Siempre cálida en invierno y fresca en verano, estaba llena de mobiliario confortable y rincones secretos, esquinas y ranuras polvorientas. En el exterior, en el jardín trasero, crecía el manzano más grande que había visto jamás. Era un árbol que daba cientos de deliciosas frutas verdirrojas todos los veranos, y además había tenido la generosidad de permitir que Ben se encaramase a su ramas y construyera en su copa una cabaña. Ben había vivido en Grey Havens toda su vida y, cuando doblaba la esquina a la altura del campo del fútbol y veía su casa, sentía un pálpito en el corazón. Sin embargo, ese día, mientras avanzaba con paso lento por Parsonage Road y al llegar a Underhill Road, le dio un vuelco el corazón, porque allí, delante de su casa, y bloqueando el camino de entrada del número 28, estaba el reluciente jaguar negro de su tío Aleister.

—¡Oh, no! —exclamó Ben con la respiración entrecortada y con tristeza.

No le gustaba el espantoso hermano de su madre, ni la esposa de su tío Aleister, Sybil. Pero, sobre todo, no le gustaba la hija de ambos, la espantosa Cynthia. Vivían al otro lado de la ciudad, pasado el parque Aldstane, en una de las viviendas nuevas para «ejecutivos»: casas gigantescas que eran la viva imagen de las mansiones señoriales de la dinastía de los Tudor, con jardines de césped como alfombras aterciopeladas y flores que crecían en el lugar y momento exactos. Jamás había una mala hierba en la casa del Terrible Tío Aleister: ni un brizna de hierba hubiera osado estropear esa perfecta armonía. Todo lo que había en la casa parecía recién estrenado —alfombras de un blanco inmaculado y sofás y sillones de piel rosa—, como si les acabaran de quitar los envoltorios de plástico cuando uno tocaba el timbre (que emitía una pegadiza versión del villancico «Greensleeves»). La madre de Ben comentaba por lo bajini que eso era precisamente lo que hacía la tía Sybil, porque no podía entender cómo era posible mantener esos colores tan claros siempre limpios y seguir viviendo como una familia normal. En esa casa no había ni rastro del confortable desorden que se apreciaba en el hogar de Ben: periódicos y libros tirados por todas partes, cajas de galletas, dibujos a medio acabar, juegos y postales, trocitos de madera o piedrecitas que habían recogido durante sus paseos campestres. No, en la casa del tío Aleister, uno se sentaba con incomodidad al borde del sofá (a menos que fuera un día especialmente caluroso y la tía Sybil sugiriera extender un trapo antes, por si sudabas encima del cuero), agarraba con fuerza el vaso de amargo zumo de pomelo y se quedaba calladito mientras los adultos mantenían una educada conversación intrascendente. Esa charla consistía, en resumidas cuentas, en que el tío Aleister se fumara su grueso puro y presumiera sobre cómo había conseguido amasar una nueva y fabulosa suma de dinero gracias a uno de sus negocios. (Cuando regresaban al coche, el padre de Ben solía decir: «Tanto dinero solo puede provenir de las desgracias ajenas». Y aunque Ben no tenía ni idea de qué clase de trabajo hacía su tío, asentía en silencio con gesto comprensivo.)

La otra tortura de visitar a sus parientes era acompañar a la prima Cynthia al piso de arriba para ver sus últimas adquisiciones.

Lo último habían sido unas pirañas.

Al parecer, Cynthia nunca tenía mascotas normales. Mejor dicho, si las tenía, no le duraban demasiado. Ben recordaba que una vez tuvo un cachorrito de collie muy juguetón, pero fue víctima de una misteriosa desaparición justo un día después de morderla. Su conejito había alcanzado con éxito la libertad escarbando un túnel en el jardín trasero. Su tarántula se suicidó tirándose delante del Jaguar de su tío Aleister. Y la boa constrictor que había tenido el año anterior se había fugado por el retrete. Sin embargo, las pirañas eran harina de otro costal.

En un principio habían sido ocho: bestiecillas horrorosas con unos tremendos incisivos y la dentadura montada. La prima Cynthia —una niña tan flacucha que dolía mirarla, con los ojos verdes y bastante chinchona— había invitado a Ellie y a Ben a tomar el té para presumir delante de ellos.

—¡Mirad! —había gritado, balanceando un pececillo de colores sobre el acuario. (El pececillo de colores era el último que le quedaba de seis que había «ganado» en una feria local.) La diminuta criatura había puesto los ojos en blanco y estaba intentando zafarse: sabía lo que le esperaba. Ben estaba horrorizado. Miró a Cynthia, estuvo a punto de decir algo que la detuviera pero, antes de poder hacerlo, la niña soltó una risita y dejó caer el pececillo. Cuando Ben bajó la vista, el agua del acuario estaba revuelta y turbia.

En el momento en que desapareció la turbulencia, no quedaba ni rastro del pececillo; sin embargo, aunque parezca extraño, también parecía que hubiera menos pirañas.

Ben las contó. Era difícil, puesto que no paraban de confundirlo al nadar de un lado para otro, pero el chico se esforzó. Una, dos, tres, cuatro, cinco, seis… siete… Volvió a contarlas. Seguían siendo siete. Sin duda alguna, solo eran siete. La octava había desaparecido junto con el pececillo. Las pirañas que quedaban se quedaron mirándolo con gesto de indiferencia, como diciendo: «Bueno, ¿y qué esperabas? Al fin y al cabo, somos pirañas». Después de aquello dejaron de apetecerle los palitos de pescado con patatas fritas para la merienda, murmuró alguna excusa y volvió a casa. Cuando llegó el fin de semana solo quedaba una piraña, y Cynthia se lo contó rebosante de alegría en el colegio. Le quedaba una pirañota oronda y llena de satisfacción.

Según le contó su prima, la pirañota llegó a tener tanta hambre que acabó comiéndose a sí misma.

Ben jamás llegó a entender cómo había ocurrido eso, pero como era el acuario donde había estado esa piraña el que su tío Aleister iba a instalar en su habitación para que fuera el hogar de sus nuevos peces luchadores mongoles, estaba claro que la última piraña de la prima Cynthia ya no lo necesitaba.

Iba por la calle con parsimonia, sin muchas ganas de explicar por qué ya no necesitaba el acuario. Cuando llegó a casa, dejó la caja con cuidado en la puerta de entrada.

—No tardaré mucho —anunció con calma—. Tú quédate aquí y no hagas ruido.

Olió el humo del puro del Terrible Tío Aleister incluso antes de abrir la puerta y, en cuanto la abrió, oyó la risotada de su espantoso familiar. Durante un maravilloso momento, Ben imaginó que su tío estaba allí para decir que al final no podía quedarse con el acuario. Pero no fue eso lo que ocurrió. Abrió la puerta y oyó que su tío exclamaba:

—¡Es un acuario maravilloso, Clive! —Así se llamaba el padre de Ben—. El mejor del mercado. Si todas esas pirañas cabían en él, estoy seguro de que servirá para esos pececillos bailarines siameses.

—Peces luchadores mongoles —corrigió Ben de inmediato.

El tío Aleister se volvió y lo miró con el ceño fruncido a través de una nube de humo, pero como su tío tenía unas espesas cejas negras que se unían en el medio y formaban una sola oruga peluda, podía resultar bastante complicado saber si estaba o no frunciendo el ceño.

—¿Es que no sabes que no es de buena educación contradecir a tus mayores, Benny?

—Pero... —empezó a decir el chico, aunque se calló de inmediato cuando su padre lo miró al tiempo que sacudía la cabeza—. Sí, señor.

—Pues entonces, venga, Ben —dijo el Terrible Tío Aleister con benevolencia, lo agarró con fuerza por el hombro y volvió a conducirlo a la entrada—. Deja que te enseñe el hermoso acuario que hemos montado para ti en dos alegres horas tu padre y yo, un acuario en el que tus peces podrán bailar hasta echar el corazón por la boca.

Ben miró con impotencia hacia atrás, donde se encontraba su padre, quien, como estaba detrás del tío Aleister, entornaba los ojos.

—Sube, hijo —sugirió—. Hemos hecho un buen trabajo.

En efecto, lo habían hecho. El acuario estaba donde Ben había imaginado: justo encima de la cómoda y delante de la ventana, para que la luz vespertina se colara a través de las algas de color verde esmeralda e iluminara todas las burbujitas que salían del complejo filtro hasta formar una perfecta esfera plateada.

—¡Oh, es maravilloso! —dijo Ben por fin.

El tío Aleister sonrió.

—¿Verdad que sí, Benny? Y es un chollo para ti, Benny, puesto que la Navidad pasada costó nada más y nada menos que trescientas libras. A cambio, tu padre ha tenido la amabilidad de ofrecerse para venir a casa a podarnos los setos. Hace maravillas con la manos. —Despeinó a Ben, era un gesto al que el chico le tenía verdadera tirria, pero no tanto como al hecho de que lo llamara Benny—. Tiene mucho talento. Siempre le he dicho que si el trabajo manual se valorase tanto como dirigir un importante negocio de importación, sería él el millonario con una casa en la urbanización King Henry, y yo viviría en este horrible cuchitril. ¡Ja, ja, ja! —La espantosa risotada de su tío retumbó por toda la habitación, y el padre de Ben, que apareció de repente en la puerta, sonrió con timidez.

—Bueno, ¿dónde están tus peces, hijo? —preguntó para que Aleister dejara de hablar de su tema favorito—. Vamos a ver si les gusta su nueva casa, ¿te parece?

Ben se había quedado perplejo. No sabía qué decir, ni qué hacer. Se limitó a murmurar algo inaudible, y salió huyendo escalera abajo, presa del pánico. No solo moriría a manos del tío Aleister por haber causado tantas molestias sin necesidad, sino que su pobre padre pasaría horas trabajando en el jardín de la casa de King Henry, con la Terrible Tía Sybil poniéndolo nervioso y diciéndole: «Por favor, Clive, no pisotees la hierba...».

La madre de Ben apareció al pie de la escalera, sin decir palabra, como por arte de magia. Su nueva silla de ruedas no hacía ni el más mínimo ruido ni chirrido. Su madre era una mujer menuda y con aspecto de cansada, con el pelo rubio claro y ojos vivarachos, y llevaba en brazos a la hermanita de Ben, Alice. En ese momento, el chico ya había empezado a pensar en la mejor excusa para explicar cómo había llegado a casa sin los peces: alguien se los había robado justo al salir de la tienda. Los peces habían contraído una especie de enfermedad rara y no estaban en condiciones de viajar. La pajarería había vendido todos los peces luchadores mongoles y había tenido que encargar más a Mongolia, y tardarían seis meses, como mínimo, en llegar... Estaba concentrándose con tanto esfuerzo que estuvo a punto de tropezar con la silla de ruedas.

—¡Uy! Perdona, mamá.

Como respuesta, su madre le dedicó un largo y parsimonioso guiño. De vez en cuando hacía cosas así, y Ben nunca estaba del todo seguro de lo que quería decir con ese gesto, aunque siempre le daba la sensación de que ella sabía exactamente lo que estaba pensando, que llegaba hasta lo más profundo de su alma. Era inútil intentar mentirle.

Aun así, el chico no creía que a su madre le gustara la llegada de un gato a la familia. Cuando abrió la puerta de entrada, seguía estrujándose el cerebro en busca de una excusa creíble.

La caja de cartón estaba en el mismo lugar donde la había dejado, aunque alguien había colocado con mucha maña una bolsa de plástico transparente justo en la escalera de entrada. La bolsa estaba agujereada y salía agua de su interior, y un fino riachuelo corría desde la escalera hasta el caminito de entrada. Al final del caminito, había un enorme gato de color rojo anaranjado, sentado y lamiéndose las patas a conciencia. Ben frunció el ceño. ¿Qué diantre estaba pasando?

—No digas ni una palabra. —La voz que lo dijo procedía de un lugar muy cercano al suelo—. Pon cara de disgusto. Todo saldrá bien.

Ben se arrodilló para hacer más preguntas a la caja, pero en ese instante se oyeron los pasos de alguien que se acercaba, y aparecieron su hermana Ellie y su prima Cynthia. Iban vestidas con unas chabacanas pieles falsas (que a su prima le sentaban como un tiro por el horrible contraste con su pelo naranja y sus ojos verdes), fulares y unos ridículos zapatos de tacón. Cynthia se dio cuenta de la cara de asombro de Ben, luego miró la bolsa rota y por último al gato que se lamía las patas. Y entonces empezó a reír. A Ben, esa risita le hacía imaginar a alguien pinchando a un cerdito con el palo de una escoba. La risa atrajo a la madre de Ben a la puerta, que estudió la escena con una ceja enarcada.

—¡Parece que alguien se lo está pasando bien!

Cynthia estaba riéndose con tantas ganas que perdió el equilibrio con los zapatos y cayó al suelo. Ni siquiera eso la hizo callar. Las lágrimas de alborozo le corrían por las mejillas, pero Ben seguía desconcertado.

—¡Oh, los gatos! ¡Son tan crueles!

La señora Arnold lanzó una mirada desdeñosa a su sobrina, que en ese momento estaba despatarrada en el césped, tronchándose de risa. Al final dirigió la mirada hacia la escalera.

—Bueno, bueno —dijo la madre de Ben—. Parece que alguien ha dejado algo ahí.

Cynthia rió con más ganas.

—Ese gato... —Señaló al gatazo de color rojo anaranjado, que en ese momento se colaba con sinuosidad entre las empalizadas de la puerta, con la cola enroscada en forma de gigantesco signo de interrogación—. ¡Se ha... —Cynthia soltó una risa como un ronquidito—... se ha comido los peces nuevos de Ben!

Ben iba a decir algo, pero se calló. Miró la escalera mojada, luego miró al gato que se iba, y al final hacia la caja de cartón, que no le estaba sirviendo de ninguna ayuda. Lo único que vio de su interior fueron un par de pelillos blancos del bigote que asomaron durante unos segundos por uno de los agujeros para la respiración, luego desaparecieron a toda prisa.

—¡Oh, Ben...! —dijo Ellie, y por primera vez se quedó sin palabras.

—¡Después de todo ese tiempo…! —se lamentó su madre—. ¡De todos esos esfuerzos…!

Sin embargo, Ben estaba cabizbajo, y mejor que así fuera, puesto que le había empezado a aflorar en el rostro una amplia y secreta sonrisa.

La sensación de alivio no le duró mucho.

—¡Mirad! —gritó la prima Cynthia al tiempo que se levantaba con rapidez y se lanzaba en picado hacia la caja de cartón—. ¿Qué es esto?

A Ben se le cayó el alma, no a los pies, sino a la plantilla de las zapatillas de deporte.

—¡Ben me ha comprado comida para mi nueva mascota!

Pasado un buen rato, Cynthia y su padre se marcharon, el tío Aleister metió de mala gana el acuario de las pirañas y el equipo de filtración en el maletero del coche. Y su prima se llevó las dos latas de comida para gatos KiteKat, apoyadas contra el pecho. Al parecer, le pasaba algo raro en la cara, aunque Ben no pudo descubrir de qué se trataba. Con un sonoro bocinazo y el chirrido de los frenos, el Jaguar partió a toda velocidad calle abajo en dirección a la ciudad. Ellie, Ben y sus padres se quedaron mirando en silencio. A continuación, el señor Arnold sacudió la cabeza.

—Sé que es tu hermano, Izzy, cariño —le dijo a la señora Arnold—, pero no puedo soportarlo. Solo sabe hablar de dinero.

—¡Ah, pero Clive…! —replicó la señora Arnold dándole una palmadita en el brazo—, estoy segura de que eso no lo hace ni un ápice más feliz.

—No con una hija como la espantosa Cynthia —comentó Ben, y se quedó tan ancho.

Ellie contuvo una risita.

Durante un rato, ninguno de sus padres dijo nada. Al final, el padre se rió.

—No me extraña que las pirañas se hayan comido entre sí —dijo, y besó a su mujer en el pelo—. Voy a preparar un té para todos.

—¿Y tú qué, Ben? —preguntó su madre con amabilidad, y volvió a enarcar la ceja con esa expresión que el señor Arnold llamaba «socarrona».

—Estoy bien —respondió el chico—. Voy a jugar al jardín.

Su padre empujó la silla de ruedas por el pasillo hasta la cocina; Ben, que todavía se preguntaba por la misteriosa desaparición de los peces inexistentes, creyó oír que su padre decía algo sobre Cynthia y un gato, pero no supo muy bien qué.

4

El País Secreto

En cuanto todos entraron en la cocina, Ben levantó la caja de cartón. La alzó con tanta facilidad que estuvo a punto de desequilibrarse. Pensó que algo no encajaba. La caja era demasiado ligera…

Estaba vacía.

Se levantó y miró a su alrededor como enloquecido, pero no vio ni rastro del gato. Se preguntó si Cynthia se lo habría llevado, o si había logrado escapar de la caja y estaba merodeando por ahí. Pensó en llamarlo, pero entonces se dio cuenta de que no tenía ni idea de cómo se llamaba. En lugar de llamarlo, empezó a dar vueltas por el jardín diciendo: «Minino, minino», pero eso sonaba demasiado ridículo. Además, pasados unos minutos le dio la impresión de que había muchos gatos que respondían a esa palabra, pues no paraban de aparecer como salidos de la nada: sobre el muro de la entrada, junto a la verja, sobre la valla, metiendo la cabeza por las balizas. Ben los miró con cara de enfado.

—¡Fuera! —exclamó con fiereza—, ¡ninguno de vosotros es mi gato!

Una delgaducha gata blanca con el rostro afilado y ojos claros se coló por la puerta.

—Eres un niño muy maleducado —dijo la gata con bastante claridad.

Ben se quedó mirándola. Pasado un instante, se recompuso y dijo:

—Así que tú también sabes hablar.

La gatita blanca rió. Y también los demás gatos. Un gato marrón y gordote con una mancha amarilla sobre un ojo avanzó con patosería por el césped y le respondió resollando:

—¡Pues claro que sabemos hablar! ¿Qué te parecería si te tratásemos como a un completo idiota? Muéstranos algo de respeto, soso.

Ben frunció el ceño.

—¿Cómo?

—Pues come si tienes hambre. ¿Es que tu madre no te ha enseñado modales? Deberías pedir disculpas.

—Lo siento —dijo Ben de inmediato. Se pasó una mano por la frente, y la retiró empapada de sudor. Pero ¿qué narices estaba haciendo? ¿Pedir disculpas a un panda de gatos? Se volvió para mirar, por si su padre salía y lo veía. (Su madre no se habría extrañado: ella no paraba de hablar con toda clase de cosas, animadas o inanimadas, hablaba con las moscas, las arañas y las plantas; hablaba con el coche, con la aspiradora, con la lavadora; en una ocasión, la habían pillado echándole la bronca a un tenedor.)–. Debo de estar volviéndome loco –dijo para sí–. Como un cencerro. Seguramente es algo genético.

–En mi opinión, todos los sosos están locos. –Dijo el enorme gato de color rojo anaranjado que Ben había visto al principio. Estaba colgado en la puerta del jardín, aguantándose con los codos con una pose extrañamente humana. Como para disipar cualquier duda, dio un salto y aterrizó sobre las cuatro patas.

–¿Sosos? –preguntó Ben–. ¿A qué te refieres?

Todos los gatos rieron como una manada de hienas, como si hubieran estado esperando ese momento.

–¡Humanos! –respondió el enorme gato rojo anaranjado–. Los humanos son grandes y lentos, y no tienen ni una pizca de magia, ¡por eso los llamamos sosos!

Al oírlo, Ben se sintió insultado y un tanto confuso. Cambió de tema.

–Estoy buscando a mi gatito –comentó–. Estaba en esa caja junto a la puerta hace solo un minuto. ¿Lo habéis visto en algún sitio?

La gata blanca volvió a chasquear la lengua en señal de desaprobación.

–«Mi» –repitió–. Con que «mi». No creerás que vamos a ser muy educados contigo si te refieres a él como «mi gatito», ¿verdad? –Entonces le hizo un guiño, o quizá se le había metido algo en el ojo–. Además –añadió la gatita–, no creo que le haga mucha gracia que lo llames «gatito».

—Lo siento —se disculpó Ben—. No sé nada sobre él. Lo acabo de comprar en la pajarería del señor Dodds. Aunque es un poco llorica para ser un gato adulto...

El grupo se quedó en silencio. Cuatro o cinco de ellos formaron un círculo cerrado y empezaron a susurrar entre ellos con impaciencia. Al final, el grupo se disolvió. Por lo visto, habían elegido como portavoz al gato gordo y marrón, porque fue el que levantó la cola con aires de superioridad, se aclaró la voz y dijo:

—Ningún soso puede ser dueño de un gato, jovencito, así que sentimos decirte que no podemos ayudarte en tu búsqueda. Sería un agravio para un congénere gatuno que uno de los suyos cayera bajo el yugo de la opresión humana. Hay demasiados gatos a los que ya han vendido y comprado contra su voluntad para degradarlos etiquetándolos con un nombre y un collar. —El gato señaló su propio collar, un hermoso objeto de terciopelo rojo, rematado con un cascabel de plata y una placa de identificación de plástico.

El gato pelirrojo dio un grácil salto por encima de la verja de la entrada y aterrizó a los pies de Ben. Miró con insolencia al gato gordo marrón y comentó con tono de desprecio:

—Todas estas tonterías son inútiles. Sé exactamente dónde está Trotamundos. Sígueme.

Dicho esto, salió a toda velocidad cruzando el jardín, pasó por delante del Morris del padre de Ben y de los cubos de basura, uno de los cuales estaba volcado. Su contenido se había desparramado sobre las piedras del pavimento y el callejón que llevaba al jardín trasero. El gato avanzó con paso seguro por el césped hasta situarse a los pies del manzano.

—Está ahí arriba —dijo señalando la cabaña del árbol.

El gatito estaba esperándolo. Se había puesto cómodo sobre una manta vieja y estaba acicalándose con aire despreocupado. Ben se encaramó al árbol, entró por el agujero del suelo de la casa y se quedó mirando al gato con cara de cansancio.

—Bueno —dijo—, cuéntame exactamente qué ocurre, ¿por qué no me has dejado comprar los peces? ¿De qué hay que salvar al mundo? ¿Y a qué ha venido eso de la bolsa rota en la escalera de la entrada? —Se calló para tomar aire. Trotamundos se limitó a sonreír—. ¿Y por qué de pronto estoy rodeado de gatos parlantes? ¿Y quién eres tú, si puede saberse?

—Tranquilízate, Ben —respondió el gato arrastrando las palabras como un vaquero de una película del Oeste—. Vamos a ir paso a paso, ¿vale? En primer lugar, yo no te he obligado a hacer nada. Tú decidiste rescatarme, aunque fuera como respuesta a mi súplica, hecha de todo corazón, y ha sido muy amable por tu parte gastarte todos tus ahorros para hacerlo.

»Luego hablaremos de eso de salvar el mundo, ¿vale? Y en cuanto a los peces… Bueno. —El gato hizo una mueca de dolor—. No eran exactamente como decía el anuncio, como suele ocurrir a menudo en esta vida, sobre todo en la pajarería del señor Dodds.

Trotamundos estiró una pata y empezó a limpiarse de forma melindrosa entre los dedos.

—Continúa —lo urgió Ben con rabia.

—Estaba siendo educado —dijo el gato—. Si vamos a presentarnos como mandan los cánones, no querrás estrecharme la pata si todavía me apesta a pajarería, ¿verdad? —Volvió a olisquearse una de las patas delanteras y se dio un último lametón–. Así está mejor. Ahora solo huele a saliva de gato. –Sonriendo con malicia, estiró una pata, pero Ben no era la clase de niño que se dejara espantar por un poco de baba de gato. Agarró la pata y le dio un buen apretón, como su padre le había enseñado.

El minino hizo una mueca de dolor.

–¡Ay! ¡No hace falta que intentes romperme los huesos!

–Lo siento –se disculpó Ben–. Mira, esto de estrechar las patas está muy bien, pero no sabes cómo me llamo y lo único que sé de ti es que ese gato pelirrojo te llama Trotamundos.

El gato sonrió satisfecho.

–Sí, es cierto. Nací en una familia de grandes exploradores. Mi padre era Polo Horatio Coromandel y mi madre la famosa Finna Sorvo Allenderrante. Somos muy conocidos por nuestras expediciones. Mi padre coronó el Barbanubes, el pico más alto de Eidolon, un año antes de mi nacimiento. Y mi madre, bueno, ella fundó una colonia en el Nuevo Oeste antes de zarpar en pos del descubrimiento de los unípedos de Tierra Blanca. Fue una de las descubridoras del camino que lleva a vuestro Valle de los Reyes.

–¿Zarpar?

–A lomos de su gran amiga Leticia, la nutria gigante.

Todo sonaba muy espectacular, y fantasioso.

–¿Y qué has hecho tú para merecer ese título? –preguntó Ben.

El gato puso expresión de incomodidad.

–Bueno, ya sabes, he estado dando tumbos de un lado para otro. He hecho un par de viajes largos. He estado por aquí…

–Eso es evidente.

El gatito se aclaró la voz y cambió de tema a toda velocidad.

—Voy a hacerte un regalo, porque eres tú. No le confiaría mi nombre a cualquiera, porque el regalo de un nombre verdadero supone una responsabilidad y cierto poder sobre quien lo da.

Ben no entendió nada de todo eso, pero se quedó callado. El gato lo miró fijamente.

—Nuestros destinos están unidos —anunció—. Tengo un presentimiento. ¿Puedo confiar en ti, Ben Arnold? —Se adelantó y le puso una pata en el brazo. El chico sintió las puntas de sus uñas frías y afiladas en la piel. Asintió sin decir palabra. Entonces algo lo dejó de piedra.

—No te he dicho cómo me llamo, ¿cómo lo has sabido?

Como respuesta, el gatito se dio un golpecito en el hocico.

—Eso es cosa mía. —Se quedó sentado como para eludir la pregunta. Luego apretó más la garra que tenía sobre el brazo de Ben, y le clavó las zarpas como agujas.

—¡Ay!

—Ahora dame tu nombre completo.

Ben dudó durante un instante. Si los nombres de verdad daban cierto poder sobre uno mismo, ¿podía fiarse de ese gatito desconocido, que ya le había hecho un par de jugarretas? Se quedó mirando a la criatura con gesto solemne. El gato le devolvió la mirada, sin inmutarse.

Ben tomó una decisión.

—Benjamin Christopher Arnold.

—Benjamin Christopher Arnold, te agradezco el regalo, y por ello te confío a cambio mi nombre completo, mi título secreto y el poder que eso te da sobre mí. —Tomó aire con fuerza—. Me llamo Ignatius Sorvo Coromandel, también conocido como Trotamundos. Pero puedes llamarme Iggy.

—¿Iggy?

El gatito se encogió de hombros.

—Debes reconocer que el otro nombre es un tanto kilométrico. Todos los gatos tienen un nombre corto que dan con toda libertad a cualquiera. Tal vez conozcas a un par de gatos llamados Misi o Ali. Pero sus verdaderos nombres son larguísimos y empiezan con Misifuciano y Alisio.

Ben asintió en silencio y con expresión de que lo entendía.

—Está bien, Iggy —dijo—. Todo eso está muy bien, pero todavía tienes muchas cosas que explicarme.

Iggy sonrió de oreja a oreja.

—Hablemos primero de lo ocurrido en la entrada de tu casa, ¿te parece? Luego podemos pasar a lo de salvar el mundo. —Volvió a colocar las patas aseadas debajo del vientre—. Estaba claro que ibas a meterte en un buen lío al llegar a casa sin tus famosos peces luchadores mongoles, con todo el alboroto que estaba armando tu tío el chillón mientras presumía del carísimo acuario que te había traído, y todo eso… Así que era necesario reaccionar con rapidez.

Los ojos de color topacio de Trotamundos brillaron con malicia.

—No podía salir de la caja sin hacer un barullo tremendo, puesto que algún imbécil había puesto un par de pesadas latas encima, así que Aby, el gato gordo y naranja, se presentó allí mismo, volcó los cubos de la basura de tu casa y hurgó en ellos, volvió con una bolsa de plástico, igualita a las que usa Dodds para meter sus peces. Le sugerí que la llenara de agua de la pila para pájaros, que la arrastrara por el césped y que le diera un buen revolcón en la escalera de la entrada. Inteligente, ¿verdad? Sin duda, ha servido para engañar a esas niñas miedicas.

—Bueno, sí, la verdad es que nos ha engañado a todos.
—Entonces, Ben se animó. No solo no tenía que seguir preocupándose por los peces y el acuario, sino que eso significaba que su padre no tendría que ir a la urbanización King Henry a podar los setos del Terrible Tío Aleister.

El gato lo miró con detenimiento.

—Bueno, Ben, lo que voy a contarte ahora es una información muy peligrosa. Solo hay un par de personas en el mundo que lo saben. Y de ellas, la mayoría son enemigos. El mero hecho de que puedas oírme te diferencia de los demás, porque solo los que tienen el don en su ser pueden hablar con los gatos. Esa es la única razón por la que he confiado en ti. Por eso y por tu bondad. Estoy convencido, Ben, de que eres una persona de buen corazón.

Ben sintió que se sonrojaba de repente.

—Escucha con atención lo que voy a contarte, porque es una historia importante.

Iggy se removió sobre la manta hasta que estuvo bien cómodo, entonces empezó a hablar:

—Existe un País Secreto, un lugar que ningún ser humano ha visto jamás. Se encuentra entre aquí y allá, entre ayer, hoy y mañana, entre la luz y la oscuridad, se encuentra enrevesado entre las más profundas y tortuosas raíces de los árboles centenarios y, aun así, se eleva hasta las estrellas, está en todas partes y en ninguna parte. Se llama Eidolon y es mi hogar.

Todo eso parecía bastante raro y Ben pensó que era un pelín exagerado. Sin embargo… Eso de Eidolon… Tenía cierta sonoridad.

—Es un país de magia…

Ben puso cara de incredulidad.

—Hace mucho, mucho tiempo —prosiguió Trotamundos—, existía solo un mundo. Era un lugar maravilloso, lleno de seres extraordinarios. En él vivían todas las criaturas que puedas imaginarte: perros y conejos, gatos y elefantes, caballos y ranas, peces, pájaros e insectos. Sin embargo, también vivían allí esas criaturas que vosotros los humanos llamáis mitológicas, como el dragón y el unicornio, el grifo y el sátiro, el centauro y la *banshee*, el hada de la mitología celta que anuncia una muerte en la familia. Y las criaturas que creéis que están «extinguidas», como los dinosaurios y los dodos, los mamuts y los tigres con dientes de sable, y los perezosos gigantes. También había humanos, pero con formas muy distintas: gigantes y enanos, hadas y duendes, trolls y sirenas, brujas, dríadas y ninfas. Pero un día llegó un enorme cometa caído del cielo e impactó con tanta fuerza contra el suelo que el país quedó hecho trizas. Y cuando se recompuso, quedó dividido en dos mundos. Toda la magia que existía quedó en el Mundo Sombra, el lugar que conocemos con el nombre de Eidolon, o País Secreto. El mundo en el que vives es lo que quedó cuando toda la magia desapareció de él.

Ben rió.

—No creo en la magia. En los trucos sí, pero no en la magia de verdad. He visto esos programas de televisión donde cuentan que los trucos de los magos son ilusiones ópticas, lo hacen todo con espejos, suelos falsos, cuerdas invisibles y cosas así.

—Los espectáculos de mímica y de juegos de manos siempre han existido —comentó Iggy con calma—. Pero no me refería a eso. Tendrías que venir a Eidolon para ver cómo funciona la magia de verdad. Aquí se reduce todo a unos cuantos destellos y brillos. ¡Oh, y a la capacidad de hablar con los animales! —Se quedó mirando a Ben de manera burlona.

—Ah, ya. Quieres decir que como puedo entender a un gato que habla debo de tener algo de esa magia que viene de ese otro lugar.

—Del País Secreto, Ben, sí. Como ya te he dicho, es mi hogar. Sin embargo, en cierto sentido, también es tu hogar. Lo supe en cuanto te vi entrar en la tienda. Hueles a Eidolon.

¡Qué desfachatez! Ben se quedó mirándolo.

—No sé. Me lavo todos los días. Bueno, casi todos los días.

El gato le sonrió.

—Tengo un olfato finísimo.

5
Momentos mágicos

—¿Con quién estás hablando?

Ben asomó la cabeza por el agujero del suelo de la cabaña del árbol. Su hermana Ellie estaba de pie junto al manzano, con la cabeza levantaba, mirándolo.

Al oír la voz de la niña, Iggy se metió a toda prisa debajo de la vieja manta hasta que desapareció de la vista, salvo por la puntita de la cola.

Ellie se dispuso a subir la escalerilla que ascendía por el tronco.

Ben echó la manta sobre la cola y luego se tumbó junto a ella, ocultando con cuidado, con un tebeo abierto, el bulto que hacía Trotamundos.

—Esto... Con nadie.

—Hablar solo se considera cosa de locos en los círculos más civilizados. Y a mí no me gusta señalar...

Ellie asomó la cabeza, que quedaba recortada a la altura del cuello por el suelo de la casa del árbol. Era un par de años mayor que su hermano, pero esos dos años de diferencia eran un mundo. A Ben le daba la impresión de que a su hermana solo le importaba la moda. Su habitación estaba plagada de revistas y retales, las paredes no se veían bajo el empapelado de tristes modelos con extraños atuendos y un millón de espejos, en los que se miraba la cara y el pelo cada tres segundos. (Por el contrario, la habitación de Ben estaba plagada de montañas de libros y tebeos, y una maraña de objetos: un fragmento de sílex que parecía la garra de un dragón, fósiles, mapas de las estrellas y trozos de madera con formas raras. En alguna parte había un espejo, pero Ben nunca lo utilizaba.) La habitación de Ellie olía a colonia y desodorante, a talco y a esmalte de uñas. Al parecer, ese día, Ellie y Cynthia habían estado experimentando con el maquillaje, porque su hermana tenía los ojos perfilados de forma sorprendente e inquietante. (Lo cual explicaba por qué la Terrible Prima Cynthia tenía un aspecto más espantoso que nunca.) Por desgracia, fuera cual fuese el efecto que Ellie había intentado conseguir quedaba bastante empañado por un gran manchurrón de rímel justo debajo del párpado, que le daba cierto aspecto asimétrico, como si tuviera la cara retorcida, y también por la espantosa sombra de color violeta con purpurina que se había puesto en los párpados.

—¡Es horrible! —exclamó Ben—. ¡Parece como si alguien te hubiera dado un puñetazo en los ojos!

Ellie le hizo una mueca de desprecio con la boca. Tenía los labios pintarrajeados con un pintalabios rosa violáceo y de textura pegajosa. Tenía los dientes manchados del mismo color.

—Es de Dior —soltó Ellie de golpe, como si eso lo explicara todo—. Tú no lo entiendes.

—Da igual —respondió Ben—. ¿Qué quieres?

—Es la hora del té. Mamá y papá llevan siglos llamándote.

—No tengo hambre.

—¿No? —Ellie enarcó una ceja mal perfilada—. Hay pastel de carne. Y mamá le ha puesto queso gratinado por encima.

—Voy dentro de un minuto, ¿vale?

—¿Por qué? ¿Qué intentas ocultarme?

Con un brazo más rápido que una serpiente abalanzándose sobre su presa, le quitó el tebeo de un manotazo.

—Es una novela ilustrada —dijo Ben. Se colocó directamente entre su hermana y el bulto que resultaba evidente bajo la manta—. *El hombre de arena*, es sobre Morfeo, el dios de los sueños, que gobierna en el mundo en el que penetramos cuando dormimos. Es famoso. Ha ganado premios.

—¿Otro mundo? ¿De verdad? —Ellie lo hojeó. Se detuvo en una página, lo puso de lado, y miró con detalle la ilustración. Durante un instante, la curiosidad suavizó el gesto de superioridad que solía adoptar. A continuación, se metió el tebeo bajo el brazo.

—Está bien, ¡lo confisco!

Y antes de que Ben pudiera decir nada volvió a bajar por la escalerilla y salió corriendo hacia la casa. El chico observó cómo se alejaba, pero no sintió enfado alguno, ni rabia, no sintió más que alivio. Levantó una esquina de la manta.

El gato asomó el hocico y olisqueó el aire una vez, dos veces y hasta tres. Luego sacó la cabeza.

—No pasa nada, Iggy. Ya se ha ido.

—Así que esa es tu hermana.

Ben asintió con la cabeza.

—Ellie, sí, de Eleanor.

—Eleanor Arnold.

—Eleanor Katherine Arnold —soltó Ben de pronto, luego se llevó una mano a la boca. Pero ¿qué había dicho?

—Eleanor Katherine Arnold —repitió Trotamundos con dulzura, como si estuviera memorizándolo—. ¡Ah, sí!

—Ahora tengo que irme —anunció Ben. Se acercó para tocar al gatito, pero Iggy se estremeció y se apartó.

—Jamás debes tocar a un gato, ni a ningún otro animal, a menos que te inviten a hacerlo —dijo Iggy con seriedad—. Los humanos pueden ser tan maleducados…

—Lo siento —se disculpó Ben. Tenía la sensación de haber pasado el día disculpándose con los gatos—. ¿Podemos hablar más tarde de eso de salvar el mundo?

—Tendrás que traerme algo de comer —dijo Iggy, interesado en las cuestiones más prácticas—. Si no, tendré que rebuscar en un par de cubos de basura. Podría ser un desastre, y no me gustaría meterme en más líos.

—¡Eso es chantaje! —Ben pensó, apesadumbrado, en esas dos latas de comida para gatos que la prima Cynthia había decidido quedarse. ¡Quién sabía qué otra cosa podría encontrar!

Ignatius Sorvo Coromandel se encogió de hombros.

—Así es la vida —le brillaron los ojos de modo misterioso.

Sin embargo, cuando entró en su casa, Ben apenas pudo comer, estaba demasiado nervioso por los extraños acontecimientos del día. Por suerte, nadie le prestaba demasiada atención, puesto que Ellie estaba recibiendo un sermón sobre el uso desmedido de los cosméticos.

—Cariño, es que no resulta atractivo que te embadurnes de esa manera —estaba diciéndole su madre—. Además, yo creía que lo que estaba de moda ahora era el aspecto natural.

—Este es el aspecto natural —respondió Ellie, enfurruñada—. Si hubiera querido, me podría haber puesto un montón más. Cynthia lo ha hecho.

—Claro, eso si quieres tener el aspecto de haber boxeado diez asaltos contra Mike Tyson, supongo —comentó entre dientes el señor Arnold.

Ellie soltó sus cubiertos de golpe.

—Sinceramente, es como vivir en la Edad Media, ¡no tenéis ni idea! —Con un suspiro teatral, se dejó caer en el sofá y encendió el televisor.

Las noticias de las seis en punto acababan de empezar. Una mujer con una blusa abotonada hasta el cuello y una elegante chaqueta miraba a la cámara con seriedad y explicaba a los televidentes que las tiendas de la calle principal informaban de un ligero aumento de los precios ese mes.

—Eso explica la cantidad de dinero que Eleanor se ha gastado en rímel —dijo el señor Arnold a Ben en voz muy baja, para asegurarse de que Ellie no lo oyera. Ben sonrió. Desde lo ocurrido en la entrada de su casa, sus padres se mostraban muy atentos con él: su padre le había servido el trozo más grande de pastel de carne, con la parte más crujiente del queso gratinado, y su madre todavía no le había sugerido que ordenara la habitación, que era la cantinela de todos los sábados. Y, por supuesto, nadie mencionaba los peces luchadores de Mongolia.

—Y por último —dijo la locutora del telediario—, la carrera en el circuito de Silverstone se ha visto interrumpida esta tarde debido a la irrupción de un ser bastante peculiar en la pista.

Ben se volvió de forma tan repentina que le crujió el cuello. En la pantalla se veía el fastuoso circuito de pistas de asfalto, plagado de bólidos de distintos colores. En lugar de concentrarse en las posiciones de los coches, todos miraban a la línea de meta, donde se había producido una conmoción general. Había un montón de personas corriendo con los brazos en alto, como intentando atrapar algo. La cámara hizo un *zoom* en busca de un primer plano. Por lo visto, un caballito blanco se las había arreglado para irrumpir en el circuito, y en ese momento estaba muerto de miedo por toda la atención que estaba acaparando. Se alzó sobre las patas traseras y, durante un instante, Ben podría haber jurado que tenía un alargado cuerno de espiral pegado a la frente. Luego corcoveó, salió disparado hacia las gradas y se coló entre la multitud. Los espectadores se apartaban de su camino y, pasados unos segundos, había desaparecido.

La señora Arnold se quedó mirándolo, abrió de par en par sus ojos verdes con un gesto que podría haber sido de asombro o de impresión.

—¡Oh! —dijo, con las manos sobre las mejillas que se le habían quedado blancas como la cera—. ¡Oh, no…!

—Típico —comentó el señor Arnold—. Es la única forma de que Inglaterra consiga colocarse en cabeza: un unicornio que interrumpa la carrera. ¿Qué será lo siguiente?

—Era un unicornio, ¿verdad, papá? —preguntó Ben con impaciencia.

El señor Arnold sonrió de oreja a oreja.

—Pues claro que era un unicornio, hijo.

Desde el sofá llegó un grave gruñido de desdén.

—¡No seas estúpido! ¡Por supuesto que no era un unicornio! ¡Los unicornios no existen! Era un pobre pony al que alguien le había atado un enorme cuernazo para gastar una broma.

—¡Sí que existen! —respondió Ben, enfadado—. En… —lo dudó un instante—… en otro mundo.

La señora Arnold se quedó mirando a su hijo, con sus ojos verdes encendidos como el fuego. Abrió la boca como para decir algo, pero la cerró antes de hablar.

Ellie rió. Levantó la novela ilustrada que le había quitado a Ben y la agitó en el aire.

—Será mejor que le digáis que deje de llenarse la cabeza con esta basura. Se le va a pudrir el cerebro.

Ben abandonó de un salto la silla y se lanzó al sofá sobre su hermana. Después de un montón de zarandeos y tirones de pelo, se alzó triunfal con *El hombre de arena*, bastante arrugado y maltrecho, metido bajo el brazo. Desde el otro extremo de la habitación llegó un agudo lloriqueo.

—¡Ahora ya habéis despertado a Alice! —gritó su madre. Estaba pálida, como si fuera a desmayarse en cualquier momento. Le corrían las lágrimas por las mejillas, y de repente Ben se sintió terriblemente culpable.

—Lo siento, mamá —se disculpó tragando saliva, cabizbajo. Cuando volvió a levantar la vista, con la esperanza de que su madre le dedicara su particular sonrisa, descubrió que ella no estaba mirándolo, sino que tenía la vista clavada en el televisor como si, en cierto sentido, la hubiera traicionado.

El señor Arnold intervino.

—¡No permitiré que estéis como el perro y el gato! Fijaos en cómo habéis disgustado a vuestra madre. Llevaos la cena a vuestra habitación. No quiero volver a veros hasta la hora del desayuno.

Aunque se había quedado sin hambre, Ben cogió el plato y el tenedor de la mesa y subió poco a poco la escalera. Cuando llegó al descansillo, echó una mirada al exterior por la ventana alta y arqueada que daba al jardín trasero. En la casita del árbol no se veía ni rastro de su nuevo ocupante. No se movía nada en su interior, salvo por una enorme libélula azul que, lanzándose desde el manzano, sobrevolaba el césped y daba caza a los insectos que estaban desprevenidos. Ben se quedó mirándola durante un rato, absorto en sus gráciles acrobacias y en la forma en que los rayos del sol se reflejaban en sus alas centelleantes. Luego abrió la puerta de su cuarto y la cerró con cuidado al entrar.

La ventana del dormitorio de Ben daba a un callejón que estaba a un lado de la casa. Además, estaba a una distancia muy conveniente de la cañería negra del desagüe que salía del baño, bajaba por la pared de ladrillo y llegaba hasta la calle. Ben lanzó una mirada atenta e intensa a la cañería. Pasados unos minutos, oyó la puerta del cuarto de Ellie cerrarse de golpe y la música del último disco de los Blue Flamingos que empezaba a sonar. Alice había dejado de llorar, y el único ruido que se oía en el piso de abajo era el agradable murmullo de una conversación y las risas enlatadas de alguna comedia televisiva.

Durante la hora siguiente, Ben hizo todo lo posible por concentrarse en sus deberes de matemáticas.

El sol se puso y salió la luna, y ocupó su lugar entre las nubes. Un perro aulló, y un coche salió por el camino de una de las casas. En la casa de Ben todo estaba en silencio.

El chico echó los restos del pastel de carne en el único recipiente que encontró en su dormitorio: una gorra de béisbol con el anuncio del periódico local para el que trabajaba su padre (*La Gaceta de Bixbury*). A continuación, la bajó por la ventana atada a una cuerda. Luego dejó las piernas colgando por el alféizar, apoyó todo su peso sobre la cañería del desagüe y se agarró al resbaladizo plástico haciendo presión con las rodillas. Tenía el corazón desbocado por la expectación de una aventura que estaba a punto de comenzar. La cañería crujía y los corchetes metálicos que la sujetaban a la pared de ladrillo traqueteaban, pero parecía seguro.

Ben odiaba los partidos del colegio. No se le daba nada bien el rugby (con todas esas personas dándote patadas), no le gustaba nadar (pasaba frío, acababa empapado y, daba igual lo que hiciera, siempre se hundía hasta el fondo como una piedra). En cuanto a la gimnasia, ¿acaso no era una verdadera lata tener que subir por una cuerda y luego por otra, o saltar sin parar sobre ajados «potros» de cuero? Sin embargo, y aunque resultaba bastante curioso, todas esas horas de subir por las cuerdas parecían ahora haber valido la pena. Metió las zapatillas de deporte en el espacio que quedaba entre la cañería y la pared y, cambiando el peso de lado con mucho cuidado, se deslizó hasta el suelo poniendo una mano sobre otra con un estilo impecable.

Al llegar abajo, recogió la gorra de béisbol y su pegajoso contenido y corrió en silencio por el callejón. A esas alturas, el pobre gato debía de estar muriéndose de hambre. Se preguntó si los felinos comían pastel de carne y, de ser así, si un gato sería capaz de comerse uno seco, duro y con una costra de queso gratinado. Si Ignatius hubiera sido un perro, no habría puesto pegas, puesto que los perros comen de todo, incluidas cosas que ninguna criatura en su sano juicio tocaría siquiera. Sin embargo, Ben no estaba muy seguro de que los gatos actuaran igual.

Al salir del callejón, entró en el jardín trasero. La blanca luz de la luna proyectaba un destello plateado sobre la hierba, se filtraba a través del manzano y lanzaba sobre el chico sombras como alargados y puntiagudos dedos.

Incluso bajo la pálida luz, Ben vio que había algo tendido en pleno césped. Desde donde se encontraba, parecía un objeto brillante y metálico, algo similar a una bolsa de patatas fritas arrugada. Se volvió para mirar hacia la casa y asegurarse de que no había nadie observándolo, y luego se arrastró poco a poco por la hierba. Cuando llegó al centro del césped, miró hacia el suelo. Fuera lo que fuese, no se trataba de una bolsa de patatas fritas, eso estaba bien claro. Se arrodilló para examinarlo más de cerca. Cuatro alas brillantes estaban agazapadas sobre un cuerpo alargado, inmóvil e iridiscente. Ben sintió una punzada de tristeza al recordar con qué magnificencia la libélula había sobrevolado y revoloteado por el jardín. No cabía duda de que no volvería a volar. La tocó con un dedo. Puede que estuviera dormida. ¿Las libélulas duermen? El centro del césped de un jardín no es el mejor lugar para echarse una siesta, pensó Ben. Sobre todo con un gato hambriento encaramado a un árbol, a solo unos metros del suelo.

Como reacción al ligero golpecito con el dedo, la libélula se estremeció un breve instante. Una de las vaporosas alas cayó hacia un lado y, de pronto, Ben supo que estaba contemplando lo más extraordinario que había visto en toda su vida.

No era una libélula, ¡para nada!

Era un duendecillo.

6

Palillo

Ben apenas podía creer lo que veía. ¿Qué diantre ocurría en el mundo? ¿O debía decir «en este mundo»? Un unicornio en las noticias de la tele, un gato parlante en la casita del árbol y, en ese momento, un duendecillo en el césped de su jardín…

Levantó a la criatura con delicadeza. Era más ligera de lo que había imaginado y al tacto parecía apergaminada, como una hoja seca. Casi no se atrevía a cerrar la mano, parecía tan frágil por su tamaño… La iridiscencia de su cuerpo y sus alas estaba desvaneciéndose, al igual que las escamas de un pez recién pescado van perdiendo ese brillo vital que en un principio tanto ha llamado nuestra atención. Con el duendecillo en un brazo se acercó a la cabaña del árbol. Dejó la gorra de béisbol en el suelo, a los pies del manzano, se enrolló la cuerda atada al árbol en la mano y subió por la escalerilla, con cuidado de que no se le cayera el duendecillo mientras subía.

En el interior de la casita estaba muy oscuro; de hecho, estaba tan oscuro que no vio a Ignatius Sorvo Coromandel hasta que tropezó con su rabo. El gato, adormecido, maulló tan alto que Ben, asustado, estuvo a punto de tirar al duendecillo. Intentó que no se le cayera haciendo equilibrios como loco, lo agarró por un ala y volvió a cogerlo en brazos. Iggy, desorientado y enfurecido, con los pelos del lomo tan erizados que parecía un lagarto de collar, iba de aquí para allá de puntillas, con la cola tan levantada como un plumero. La luz de la luna se reflejaba en sus ojos, que parecían locos por el afán de lucha. En ese instante, no se correspondía mucho con la idea que Ben tenía formada de un gatito remolón y mimoso.

–Lo siento mucho –dijo Ben–. No te había visto.

–¡El chico vuelve a disculparse! –soltó Iggy con un suspiro–. Sosos… –murmuró de forma confusa–. Son todos iguales. Unos completos inútiles.

–Yo no soy un inútil –dijo Ben, malhumorado–. Te he traído dos cosas que te interesarán.

Al gato se le iluminó la mirada.

–¿Comida? –preguntó, expectante.

–Puede que esa sea una de las cosas –reconoció Ben–. Pero antes, mira esto. Lo he encontrado en el jardín.

Se arrodilló y colocó al duendecillo con cuidado a los pies de Iggy. El gato dio un rápido salto hacia atrás.

—¡Por la Señora! Un duendecillo del bosque. ¿Dónde dices que lo has encontrado?

Ben señaló hacia el agujero del suelo.

—Por allí. Hace un rato lo vi volando por aquí, pero creí que era una libélula.

Iggy olfateó al duendecillo.

—Sigue vivo, aunque agonizante. —Abrió bien la boca y se puso justo encima del cuerpo de la criatura. Después de volver la cabeza varias veces de una forma algo rara, dijo:

—Es bastante grande para ser un duendecillo, ¿verdad?

En la oscuridad, Ben hizo una mueca de disgusto.

—No lo sé. ¿Cómo suelen ser?

El gato se sentó sobre los cuartos traseros.

—Oh, bueno... algunos son altos... —Estiró bien las patas—. Pero deberías haber visto a los duendes del bosque de Darkmere. —Lanzó un silbido—. No te haría mucha gracia encontrarte con uno de esos en una noche cerrada.

Le sonaron las tripas con tanto estruendo que el ruido retumbó en las paredes de la cabaña del árbol.

—Vaya, lo siento. Será mejor que atendamos a este amiguito, así podrás enseñarme esa otra cosa que me has traído. Tengo tanta hambre que podría comerme la cola.

Ben recogió al duendecillo y lo llevó hacia la manta donde Ignatius se agachó para verlo mejor, dándole la espalda al chico. En la penumbra, Ben no veía muy bien lo que hacía el gato, pero después de un rato oyó el ruido húmedo y chasqueante de una boca en funcionamiento, y durante unos segundos de auténtico terror pensó que el hambre había podido con lo mejor de Iggy y que estaba comiéndose al duendecillo. Es probable que hiciera algún ruido, porque Iggy volvió la cabeza con brusquedad. Estaba relamiéndose.

—La saliva de los gatos lo cura todo. Según mi madre…

Ben miró al gato con escepticismo.

—No se puede devolver la vida a alguien a base de lametones.

Sin embargo, aunque pareciera increíble, el duendecillo del bosque empezó a moverse. Aturdido, se incorporó apoyándose en un codo. Se tocó la cara con una manita diminuta y abrió los ojos. Incluso en la oscuridad, Ben se dio cuenta de que tenía unos ojos sorprendentes: prismáticos, multicolores, como adornos circulares de Navidad. Dijo algo con una vocecilla ronca, luego volvió a caer, agotado.

—Se llama… —Iggy hizo un ruidito parecido a la rotura de una rama—. Será mejor que lo llames Palillo. Dice que está muriéndose.

—¿Qué le ocurre?

—Esta muriéndose por estar aquí.

—¿Por qué?

—No hay magia suficiente para mantenerlo vivo. Un duendecillo del bosque es una criatura que solo puede vivir en el elemento para el que está adaptado, y ese elemento es el bosque del País Secreto.

—Pero ¿cómo ha llegado hasta aquí?

—Ojalá lo supiera. La única forma de entrar y salir de Eidolon son los senderos…

—¿Qué?

Iggy suspiró.

—¡Preguntas y más preguntas! —Se frotó la cara con gesto de cansancio—. Te diré algo, tú dame de comer e intentaré explicártelo. Seguramente no entenderás nada, pero eso es porque eres un soso...

Ben tenía intención de protestar, pero Ignatius levantó una pata autoritaria, y luego señaló su boca abierta.

—Primero, dame de comer, amiguito.

Apretando los dientes, Ben levantó la gorra de béisbol tirando de la cuerda. Era como si pesara más que antes. Cuando le echó un vistazo, entendió el porqué. Estaba llena de babosas. ¡Puaj!

—Bueno —dijo Ignatius con toda la razón—, ¿qué esperabas al dejar un banquete así, sin vigilancia, por ahí tirado? —Agachó la cabeza sobre la gorra y olisqueó—. Huele bien. No, mejor dicho: ¡huele de maravilla!

Ben arrugó la nariz con asco. Siempre había creído que los gatos eran unos melindrosos, con todas esas manías de acicalarse y mimarse. En ese momento, empezó a tener serias dudas.

Ignatius estaba susurrando algo a la gorra. Pasados unos segundos, las babosas empezaron a mover los tentáculos, como si estuvieran discutiendo, luego, una a una, fueron saliendo de la gorra y descendieron por el árbol. Los rastros que habían dejado al irse centelleaban como baba plateada a la luz de la luna.

—¿Qué les has dicho?

—Les he dicho que te las comerías si se quedaban.

Ben puso cara de espantado.

—¿Yo? ¿Comerme una babosa?

—He oído decir que los humanos comen toda clase de cosas raras —dijo Iggy con poca claridad, pues tenía la boca llena de pastel de carne frío—. Estoy seguro de haber oído en algún sitio que los humanos comen babosas.

—Te refieres a los caracoles, y yo no soy francés —respondió Ben con brusquedad.

—¡Ah, bueno! —soltó Iggy, que parecía bastante contento—. Pero ha funcionado, ¿verdad? Las babosas no son muy listas y algunas veces se confunden. Además, siempre han querido ser caracoles, con casa propia y todo eso. —Se quedó comiendo más o menos en silencio durante un rato, mientras iba hundiendo la cabeza en la gorra de béisbol cada vez más. ¿No iría a comérselo todo? Entonces se oyó con toda claridad el raspado de la lengua contra la tela, e Ignatius Sorvo Coromandel asomó la cabeza con una expresión de profunda satisfacción en el rostro. Tenía el vientre hinchado, como si se hubiera tragado un balón de goma.

—Bueno, ¿por dónde íbamos?

—Los senderos —le recordó Ben.

—¡Ah, sí! Las autopistas mágicas. Los gatos somos criaturas curiosas por naturaleza, y también grandes exploradores. Así que cuando los mundos se separaron, fuimos los gatos los que salimos a husmear por ahí y descubrimos que había lugares en que ambos mundos entraban en contacto, y que, si uno tiene muy buen olfato, puede encontrar el camino para pasar de uno al otro, e incluso la forma de volver. Si un gran número de gatos sigue ese camino acaba abriéndose un sendero, tanto de ida como de vuelta. Bueno, a los gatos nos gusta estar de vuelta de todo. —Se rió del juego de palabras simplón que había hecho. Cuando se dio cuenta de que Ben no estaba riendo, siguió hablando con un tono más serio—. El problema es que hay otros seres que pueden utilizar los senderos, otros seres que pueden existir en ambos mundos. Sin embargo, deben poseer una naturaleza dual, porque, si no es así, enferman y mueren.

—¿Qué quieres decir? —preguntó Ben con el ceño fruncido—. ¿Qué quieres decir con eso de «naturaleza dual»?

Iggy lo miró con la cabeza ladeada. Pasó del ojo verde de Ben al marrón, volvió al verde y se quedó pensativo. Al cabo de un rato, añadió:

—Algunas criaturas, como los gatos, son al mismo tiempo salvajes y domesticables, mágicos y sosos, aunque un gato doméstico puede parecer más domesticado que salvaje, puesto que lloriquea por su comida en conserva y se pone panza arriba para jugar. Pero no hay que dejarse engañar: incluso las mascotas más sensibleras tienen en su interior al más salvaje cazador y explorador. Vivimos de día y de noche. Somos capaces de ver con la luz del sol y con la luz de las estrellas. En un instante nos pueden ver los humanos y al segundo siguiente...

La palabra «desaparecemos» quedó suspendida en el aire de la noche, luego se oyó un ruido como de algo que se movía rápido, que hizo que Ben se volviera para ver de dónde procedía. Cuando volvió a mirar hacia Iggy, había desaparecido. En un abrir y cerrar de ojos. Y allí estaba el chico, solo, con un duendecillo agonizante. ¡Qué cosa tan normal!

—¿Dónde estás? —exclamó, enfadado.

No hubo respuesta. Ben entrecerró los ojos para atisbar en la intensa oscuridad, pero resultaba imposible ver nada. Para asegurarse de que no pisaba por accidente a Palillo como le había ocurrido con la cola del gato, lo levantó y lo acunó con cuidado entre las manos. El duendecillo parpadeó al notar el contacto con Ben y entonces, como por arte de magia, su cuerpo emitió un fantasmagórica luz verde azulada. Iluminó hasta el último rincón y ranura de la casita del árbol, aunque seguía sin verse ni rastro de Ignatius.

—¡Está bien, Iggy, muy inteligente! ¡Ahora, vuelve!

Se hizo el silencio.

A continuación:

—Gato… aquí… arriba… —Las palabras se oyeron con bastante claridad. Ben se quedó mirando al duendecillo del bosque con asombro.

—¿Qué has dicho?

Palillo suspiró, fue un ruidito como el de la brisa acariciando las hojas. El duendecillo señaló con debilidad por encima de la cabeza de Ben, pero, antes de que el muchacho pudiera decir nada, oyó un extraño gruñido que atravesó la quietud de la noche. Ben miró hacia arriba, e Ignatius Sorvo Coromandel se dejó ver, bañado por la extraña luz de Palillo, colgando del techo donde tenía clavadas las garras. Se dejó caer directamente a los pies de Ben y soltó un eructo.

—¡Vaya, lo siento! Es que es mejor fuera que dentro.

—Menudo truco, no ha sido muy bueno que digamos. No entiendo qué tiene que ver esto con lo de los senderos.

Iggy sacudió la cabeza.

—Sabía que no lo entenderías —dijo. Se le escapó un hipo y se estremeció de pies a cabeza. Después se le escapó otro hipo, y otro. Ben se quedó allí de pie, con el duendecillo en las manos, mirando al gato con indiferencia.

Palillo volvió a parpadear, y la luz verde empezó a disiparse. Ben lo levantó y le sopló aire caliente en la cara, pero la pequeña criatura se movió solo un poco, intentó alejarse del chico, y luego volvió a quedarse quieta.

—Iggy, ¡se está muriendo! —gritó Ben, presa del pánico. Dejó al duendecillo en el suelo, justo delante del gato, que se quedó mirándolo con detenimiento.

—Es mejor que no lo toques tanto —aconsejó el minino con amabilidad. Por lo visto, se le había pasado el hipo—. Seguramente, lo has apretado con demasiada fuerza al levantarlo. Los duendecillos del bosque suelen brillar cuando se sienten amenazados, y eso los deja sin fuerzas.

—Pero si yo no le haría daño por nada del mundo... —empezó a decir Ben con tono lastimero.

—Este mundo y todo lo que hay en él son una amenaza para el duendecillo, como lo son para todas las criaturas del País Secreto. Y ese es el problema que debemos solucionar.

Se oyó otra especie de rasguño.

—Dile al chico... no ha dolido... mareo... Levántame... Tengo miedo.

Ben se quedó callado durante un instante. A continuación, se arrodilló junto al duendecillo.

—Lo siento mucho, Palillo —se disculpó.

La diminuta criatura hizo una mueca de dolor que podría haber sido una sonrisa, y quedaron a la vista dos hileras de dientecillos que brillaban como agujas afiladas y que podrían propinar un doloroso mordisco. Luego cerró los ojos.

—Dormir... Ahora —dijo con toda claridad.

Ben se volvió hacia el gato.

—¿Ocurre lo mismo con los unicornios?

—¿Cómo?

—Pues come si tienes hambre —corrigió Ben, resentido, evocando a la gatita blanca—. Aunque supongo que los unicornios también comen.

Iggy frunció el ceño.

—¿Los unicornios?

A Ben lo invadió una maliciosa satisfacción al pensar que con eso había desconcertado al gato.

—Si este mundo es una amenaza para las criaturas del País Secreto, ¿cómo puede ser que el unicornio que he visto en la tele esta tarde pareciera contento? —preguntó—. Ha montado un numerito y ha interrumpido la carrera de Fórmula Uno.

—¿Qué fórmula?

—Se trata de una competición de velocidad en la que participan una veintena de coches con pilotos de muchos países distintos, aunque no sean de la misma nacionalidad que la escudería a la que pertenecen. También es importante el trabajo en los *boxes*. Allí están los mecánicos, que levantan los bólidos con los gatos y ponen a punto los motores. ¡Esos coches tienen más de ochocientos caballos! Bueno, no son coches normales, no tienen baca, por ejemplo.

Iggy se quedó espantado. Confundido, veía una multitud de caballos y gatos desperdigados por la pista, y a esos mecánicos persiguiéndolos de un lado para otro. Y a esas pobres vacas a las que nadie quería. ¡Qué lugar tan horrible era ese mundo! Se estremeció.

—Dudaba en preguntar, pero ¿qué tiene que ver un unicornio con todo eso?

Ben explicó lo que había visto.

—Un unicornio, aquí... —Al gato le brilló la mirada por el miedo—. Alguien está planeando algo atroz. ¡Y yo sé quién es! —Agarró a Ben por el brazo—. Debemos irnos ahora mismo.

Ben retrocedió.

—¿Nosotros?

—Alguien tiene que llevar al duendecillo.

—¿Ir adónde?

—Bueno, a Eidolon, por supuesto.

—¿Al País Secreto?

—Ahora mismo.

—¿Durante cuánto tiempo?

Iggy se encogió de hombros.

—¿Un par de días? ¿Una semana? ¿Un mes?

—Pero ¡si tengo que ir al cole el lunes!

El gato apretó más las zarpas.

—El equilibrio natural entre dos mundos está en peligro, Ben, ¿y tú te preocupas por el cole?

Una misteriosa expresión afloró en el rostro del chico. Entonces sonrió.

—¡Genial! —exclamó—. ¡Me perderé natación!

7
Aquí hay gato encerrado

Ben pensó que, si iba a irse al País Secreto, mejor sería dejar una nota o sus padres se volverían majaras.

Rebuscó en su cofre del tesoro (un viejo cajón de madera que utilizaba como asiento), y al final sacó (después de apartar un Gollum con un solo brazo, un robot Dalek sin antenas, un Increíble Hulk sin cabeza, una docena de tebeos destrozados, un ejemplar muy manoseado de *El Hobbit*, una barra de chocolate Mars a medio comer y un par de botes de témpera) una libreta de espiral, un bolígrafo con la punta masticada y (con gran alegría) una moneda de una libra. Primero escribió:

> *Queridos mamá y papá:*
> *Ellie está confabulada con la prima Cynthia. Si no me voy, me utilizará como comida para cualquiera de esos monstruos que tiene ahora, así que me he hecho a la mar.*
> *Con cariño,*
> *Ben*

Lo tachó, porque, conociendo a su madre, sabía que ella entendería la verdad.

Volvió a empezar.

> *Queridos mamá y papá:*
> *He conocido a un gato parlante y a un duendecillo agonizante que provienen de otro mundo llamado País Secreto. Tengo que ayudarles a encontrar el camino de vuelta, o Palillo morirá.*
> *¿Os acordáis del unicornio? ¡Era de verdad!*
> *Hasta pronto.*
> *Muchos besos,*
> *Ben*

Pero luego también rompió esa, nunca se sabía quién podría encontrarla y contenía demasiada información importante.

Después de muchos otros intentos (resulta difícil escribir a oscuras, y el gato no le dejaba utilizar al duendecillo ni para tener un segundo de luz), Ben escribió:

> *Queridos mamá y papá:*
> *Por favor, no os preocupéis por mí. Volveré pronto. ¡Es un asunto de vida o muerte! (No de mi muerte, espero.)*
> *Os quiero mucho,*
> *Ben*

Dejó la nota en la escalera de la entrada con una piedra encima para que no se la llevara el viento. Acomodó a Palillo en la gorra de béisbol que había limpiado a toda prisa, se metió la libreta y el bolígrafo en el bolsillo y siguió a toda prisa a Ignatius Sorvo Coromandel por el jardín. Pasó de puntillas por el caminito, abrió la chirriante verja y la cerró tras de sí lo más silenciosamente que pudo. En Underhill Road, las farolas proyectaban su fulgor anaranjado en todas direcciones, dando un aire misterioso a la atmósfera, y parecía que las casas pintadas de blanco hubieran quedado empapadas con naranjada.

—Bueno —dijo Ben, que miró a Iggy expectante—. ¿Dónde está ese sendero?

El gato se encogió de hombros.

—No lo sé.

—¿Que no lo sabes?

—No es tan fácil. Son un poco laberínticos. Para empezar, hay que dar con el correcto, si no, puedes acabar en cualquier parte. Podrías acabar del todo perdido, o ir a parar a Mongolia exterior en el año 1207 —respondió estremecido.

Ben se quedó pensativo durante un instante.

—Gengis Kan, ¡genial! —Le brilló la mirada—. La Horda Dorada arrasando las estepas asiáticas, matando a todo el mundo a su paso. ¡Vaya! Me encantaría verlo.

Iggy lo miró con perplejidad.

—Eres un jovencito muy sangriento. Por eso estabas tan interesado en los peces luchadores de Mongolia, ¿verdad? Te recordaban las historias de tripas y sangre del gran Kan, ¿no es cierto?

Ben miró al suelo.

—Más o menos.

—Bueno, pues puedo decirte, amiguito, que no era un hombre muy agradable: olía a yak y —se acercó a Ben con una sonrisa diabólica— ¡resulta que tenía pánico a los gatos!

—No te creo —replicó Ben con fría formalidad—. Te lo estás inventando.

—Piensa lo que quieras —contestó Iggy, enfadado—. Yo he estado allí y lo he visto, mientras permanecía agazapado sobre uno de los travesaños de su tienda de campaña. Bueno —prosiguió con brío—, lo mejor que se me ocurre es que empecemos por la Gran Pajarería del señor Dodds, puesto que ese fue el lugar donde recuerdo haberme despertado por primera vez en este horrible mundo.

Resultaba emocionante estar en las calles desiertas de Bixbury, que, a esas horas en las que todo estaba tan tranquilo, parecían un país secreto. También resultaba emocionante, aunque Ben intentaba que no se le notara, estar involucrado en la aventura de Ignatius Sorvo Coromandel. A medida que avanzaban, Iggy le explicó lo que le había ocurrido. Mientras estaba explorando por las fronteras del continente del norte de Eidolon, en busca, según explicó, del legendario ratón de tres colas (que hacía mucho tiempo que nadie veía), se había topado con un sendero que era algo fuera de lo común. Lo supo en cuanto le echó un vistazo: las corrientes que contenía soplaban en una dirección que no era normal y llevaban consigo extraños olores, olores desconocidos para un habitante del País Secreto. Así que se había dejado guiar por el olfato, atraído por la curiosidad típica de su especie y, al final, había llegado hasta Bixbury, entre todos los lugares a los que podría haber ido a parar. Sin embargo, en cuanto hubo llegado a este mundo, alguien le había dado un bastonazo en la cabeza y, al despertarse, se había encontrado en una jaula; poco después, estaba en la tienda del señor Dodds, que lo había puesto a la venta. Le enseñó a Ben el chichón de la cabeza, justo debajo de la oreja izquierda.

–No vi quién lo hizo, pero si vuelvo a olfatearlos de nuevo, se arrepentirán. –Dobló las zarpas–. De todas formas, ya le pegué un buen mordisco al señor Dodds, por si acaso –añadió alegremente. Se quedó pensando en eso durante un instante, de pronto puso cara de asco–. Aunque ojalá no lo hubiera hecho. Tenía un sabor asqueroso.

En Quinx Lane, la pajarería del señor Dodds estaba a oscuras y en silencio, como si todo lo que hubiera en su interior –los pájaros y los hámsteres, los peces y los jerbos– se hubieran apagado junto con las luces. Ben pegó la nariz al escaparate y se quedó contemplando cómo el vaho de su aliento formaba una especie de flor que desaparecía sobre el frío cristal.

–¿Y ahora qué? –preguntó.

–Tenemos que entrar.

–Pero ¡si está cerrada con llave! –dijo Ben, dando un empujón a la puerta.

Iggy mostró los dientes y en su rostro se dibujó algo similar a un sonrisa.

–Los gatos pueden llegar a cualquier sitio. –Tras decirlo, tomó impulso con las patas y saltó con gracilidad hasta quedar sobre el toldo de encima del cartel de la tienda. Con otro salto llegó a un alféizar del primer piso y, desde allí, entró al interior por el montante en forma de abanico de una ventana. Ben debía admitir que aquello le había impresionado.

Pasado un minuto más o menos, oyó un traqueteo en el piso de arriba y una de las ventanas se abrió. Ben se ocultó a toda prisa en la oscuridad, por si se trataba de un vecino molesto a quien habían despertado.

—¡Oye! ¡Ben!

Era Iggy. El chico no tenía ni idea de que los gatos pudieran ser tan hábiles.

—Ven —dijo Trotamundos.

—¿Yo, que escale hasta allá arriba?

El gato asintió con decisión.

—Date prisa, antes de que alguien te vea.

Ben tragó saliva.

—¿Y Palillo?

—Ponlo en esa cosa que llevas puesta, se llame como se llame.

—¿En el jersey?

—Sí, sí. Vamos, rápido.

—Pero podría caerme y aplastarlo.

—Pues tendrás que arriesgarte, amiguito.

—Me llamo Ben —dijo el chico, enfadado.

Tapó bien a Palillo con la gorra de béisbol y lo metió debajo del jersey, que se puso por dentro de la cintura de los tejanos. Luego echó un vistazo al exterior de la pajarería. Y allí estaba, por supuesto, la cañería del desagüe que bajaba por un lado del edificio. Ben miró de cabo a rabo la calle para asegurarse de que no había testigos de ese ejemplo flagrante de allanamiento de morada, se agarró bien a la cañería y, manteniendo los pies firmes a cada lado, subió apoyando una mano tras otra hasta llegar a la ventana abierta. Realizó el difícil paso de la cañería al alféizar con el corazón desbocado, y entró con cautela al edificio.

En el interior, había un montón de cajas apiladas una encima de otra. La mayoría eran de cartón y tenían nombres de marca de comida impresos: Mascadores Dentoncan; Párpados, Agujeros de Oreja y Boquitas de Besugo Gourmet; Cabezas de Sepia Pío-Pío; Filetes de Estegosaurio. Aunque algunas eran más pesadas e incluso a Ben le olían raro. Ignatius estaba husmeando por el fondo de la habitación, y solo podía verse la puntita del rabo entre las cajas.

—¿Qué estás haciendo? —preguntó Ben en un susurro. Quería salir de allí antes de que alguien los atrapara.

A Iggy le brillaban los ojos a la luz de la luna.

—¡Mira!

El chico remontó un obstáculo tras otro para llegar hasta el gato.

—Esta es la jaula en la que me metieron... —Señaló un pequeño contenedor metálico con una puerta de bisagra y hecha de listones de acero. Todavía había un mechón de pelo de gato pardo enganchado en la bisagra. Olisqueó con tristeza el espacio que rodeaba la jaula—. Huelo el rastro del País Secreto —comentó—. Huelo mi hogar.

Durante un instante, tuvo una mirada tan melancólica que Ben sintió verdaderas ganas de abrazarlo, pero, de pronto, Iggy se mostró muy enérgico y resuelto.

—Vamos —dijo—. Vamos a ver qué encontramos abajo.

Ben lo siguió hasta la puerta, y estaba a punto de abrirla cuando se tropezó con algo duro y plano. Se agachó para recogerlo, y acababa de cerrar la mano en un puño cuando oyó un ruido en la planta baja. De inmediato, Iggy se quedó inmóvil como solo puede quedarse un gato aterrorizado. El ruido se oía cada vez más fuerte y resultó ser el crujido de una puerta que se abría y el murmullo de unas voces. Ben se estremeció.

Era el señor Dodds.

—Escóndete —susurró Iggy con impaciencia.

—¿Dónde? —Ben echó un vistazo al almacén con desesperación. Las cajas eran demasiado pequeñas para que pudiera ocultarse dentro de ellas, pero en el rincón de más al fondo había una pila de ellas agrupadas en dos montones y podría acuclillarse justo ahí detrás...

Oyó que alguien subía la escalera.

Iggy saltó a la jaula en la que lo habían capturado y se metió dentro, hecho un ovillo, y los ojos le brillaron llenos de hostilidad. Ben se dirigió de puntillas hacia un rincón, haciendo una mueca de dolor con cada crujido que provocaba al pisar los polvorientos tablones del suelo. Las voces se oían cada vez más cerca. Se oían un montón de jadeos y resoplidos, como si la persona que estaba subiendo llevara algo muy pesado y voluminoso. Alguien dijo:

—No, tú quédate atrás. —Después se oyó a alguien que tropezaba y luego la manija de la puerta empezó a girar...

Ben se precipitó tras las cajas, con el corazón desbocado como un pájaro enjaulado entre sus costillas. En silencio, maldijo a Iggy por haberlo metido en esa situación. A continuación, con bastante más razón, se maldijo a sí mismo por haber sido tan idiota de seguir a un gato. En ese momento, Palillo empezó a retorcerse debajo de su sudadera. Pobrecito, pensó Ben. Seguramente se estaba ahogando ahí debajo. Movió al duendecillo hacia el cuello del jersey para que pudiera tomar un poco de aire, pero en cuanto lo hizo, Palillo empezó a brillar. Emitía una luz verde y fantasmagórica que brillaba como el foco de una alarma. Iluminaba la cara de Ben y la expresión de puro pánico que tenía.

—¡No, Palillo, no! —susurró, volviendo a empujar al duendecillo del bosque a las profundidades de su jersey—. ¡Aquí no!

Miró a las dos siluetas que se abrían paso con dificultad al entrar por la puerta. El que estaba mirando hacia donde él se encontraba era el señor Dodds, que ya no llevaba su traje italiano, pero no pudo distinguir quién era el otro hombre, pues le daba la espalda. Por suerte, ambos estaban demasiado preocupados de lo que fuera que llevaran para darse cuenta del fulgor que emitía el duendecillo. Ben miró hacia abajo. Palillo todavía emitía una leve radiación, era una luz de color verde pálido que latía entre las fibras de su jersey. A toda prisa, Ben se metió las manos por debajo del jersey, se levantó la camiseta que llevaba debajo y metió al pobre duendecillo allí. El brillo de Palillo se veía tan poco que resultaba casi invisible.

—Déjalo aquí —dijo el señor Dodds—. Lo enviaré por la mañana.

Se oía cómo arrastraban los pies mientras maniobraban.

—¿Crees que deberíamos darle más agua? —Fue la otra silueta quien habló, aunque la voz sonaba apagada.

—Estoy agotado. Sobrevivirá hasta mañana —respondió el señor Dodds con crueldad.

Se oyó un golpetazo cuando el cajón que llevaban chocó contra el sueño, entonces Palillo estornudó.

—¿Qué demonios ha sido eso?

Ben contuvo la respiración. Hizo presión sobre el duendecillo con una mano por si volvía a estornudar. Un brillo verde pálido le atravesó los dedos.

El señor Dodds se dirigió dando grandes zancadas hacia el interruptor de la luz y lo pulsó. No ocurrió nada.

—¡Esa maldita bombilla está rota! —Metió la mano en un bolsillo de su mono, sacó una linterna y alumbró despreocupadamente la habitación. Ben creyó que le iban a explotar los pulmones de tanto contener la respiración. La sangre le provocaba pálpitos en la cabeza. ¿Podrían oírlo? Sin embargo, el señor Dodds chasqueó la lengua en señal de aprobación, apagó la linterna y volvió a metérsela en el bolsillo—. Estás obsesionándote. Es hora de irse. —Le dio una patada a la caja—. Volveremos a por ti mañana —prometió.

Salieron al descansillo. La puerta se cerró y los sonidos de sus pisadas y sus voces se fueran apagando. Ben volvió a respirar. Se metió la mano bajo la ropa y sacó al duendecillo del bosque. Lo tenía en la palma y vio que se le hinchaba y se le deshinchaba el pecho ligeramente, y tenía los ojos bien cerrados, como si le doliera algo.

—Oh, Palillo, lo siento...

Al oír eso, el duendecillo abrió los ojos. Se le habían quedado descoloridos por el miedo. Se le habían puesto llorosos y se clavaron en Ben.

—¿Irse? —preguntó.

Ben asintió con la cabeza. El duendecillo del bosque luchó por reincorporarse. Parpadeó, y el último rayo de luz verde salió de ellos.

—Conocer... Ellos —dijo—. Hacer... daño a mí. —Luego se recostó envolviéndose con los brazos.

—¡Socorro!

Ben dio un respingo, sobresaltado. Volvió a oírse el ruido, más fuerte esta vez.

—¡Socorrooo!

Era Iggy. Ben volvió a meter a Palillo en su jersey y atravesó el almacén. Bajó la vista y miró hacia la jaula.

—¿Qué ocurre?

Ignatius Sorvo Coromandel levantó la vista y lo miró con vergüenza a través de los barrotes de acero.

—Es que... es que estoy atrapado.

—¿Cómo vas a estar atrapado? Te has metido tú solito ahí dentro.

—¿Cómo iba a saber que la puerta tenía un resorte?

Ben sacudió la cabeza. Si ese era el nivel de experiencia que poseía su jefe de expedición, estaban metidos en un buen lío. Se arrodilló y manipuló el cierre de la puerta de la jaula. No se movió lo más mínimo.

—Oh, Iggy...

—¿Qué ocurre? —La voz del gato tenía un tono de pánico creciente.

—Bueno, es que... al parecer está cerrado con llave.

—¡¿Cerrado con llave?! —lo dijo con un grito—. ¿Cómo va a estar cerrado con llave? ¿Crees que he salido por la puerta y me he encerrado a mí mismo con una llave invisible? ¿Crees que me gusta estar en una jaula? ¿Crees que soy una especie de obseso del encierro?

Ben volvió a trastear con la puerta, pero no había duda de lo que ocurría: estaba cerrada con llave e Iggy estaba atrapado en su interior.

—Mira —empezó a hablar con el tono más razonable que pudo conseguir—, tiene que haber una llave en algún sitio. Iré abajo a ver si puedo encontrarla...

—¡No me dejes aquí!

Ben se pasó una mano por la frente. Luego intentó levantar la jaula, consiguió moverla un par de centímetros, pero el esfuerzo era demasiado y la soltó con mucha menos delicadeza de lo que pretendía.

Iggy lanzó un maullido de protesta.

—Lo siento, lo siento. Es que pesa muchísimo.

—Y crees que eso es culpa mía, ¿verdad?

Ben no lo creía así, pero dijo:

—Bueno, te comiste el pastel de carne...

Iggy empezó a gemir.

—Chitón, por favor. Solo durante un par de minutos. Te dejaré a Palillo para que te haga compañía. —Dejó al duendecillo en la gorra de béisbol encima de la jaula y se dirigió a toda prisa hacia la puerta antes de que Iggy pudiera decir nada más.

La pajarería estaba a oscuras, pero a Ben ni se le ocurrió encender una de las luces. Se abrió paso a tientas por el vestíbulo de la entrada hasta que llegó a una habitación que parecía el despacho. En su interior, una estela de luz de luna iluminaba un escritorio sobre el que se apilaba una montaña de papeles, dos sillas de madera y un par de archivadores metálicos. Ben se dirigió hacia el escritorio contemplando la idea de que el señor Dodds podría guardar allí las llaves, en uno de los cajones.

Estaba a punto de abrir uno de los cajones cuando se fijó en una carta que estaba sobre el escritorio. Tenía un membrete muy ingenioso decorado con una especie de penacho de tinta negra encima.

Ben leyó lo que ponía.

Querido señor Dodds:

Muchas gracias por entregar la mercancía como se había solicitado. Sin embargo, debo decir que no son las condiciones que esperaba, teniendo en cuenta la gran suma de dinero que le he pagado por ello. De hecho, se le han caído casi todas las escamas y las que le quedan tienen una pinta muy poco saludable. Además, anda con cara mustia todo el día y no parece que tenga fuerzas ni para quemar el periódico. No puedo imaginar cómo va a servir de (y aquí cito su reciente anuncio en la revista «El dinero sí hace la felicidad»): «Incinerador de jardín ecológico y bastante espectacular».

Le agradecería que recogiera el artículo y me devolviera mis 1.500 libras de inmediato. De no ser así, me veré obligada a llamar al Departamento de Control de Mercancías.

Espero recibir su respuesta a vuelta de correo.
Atentamente,
Lady Hawley-Fawley de Crawley.

Ben se quedó un rato mirando la carta. ¿Mil quinientas libras? ¿Qué diantre podía costar mil quinientas libras? Tal vez un elefante, pensó. Pero los elefantes no tienen escamas. ¿O sí las tienen? ¿Y cómo era posible que un animal fuera un «incinerador de jardín»? ¿Y quién iba a querer incinerar su jardín? No podía ni imaginar lo que significaba todo aquello. En ese momento, empezaba a sentirse tan cansado y confundido por los acontecimientos que no podía pensar con claridad.

Había un montón de llaves en el cajón del escritorio. Para jugar sobre seguro, Ben las cogió todas. La quinta que probó abrió la jaula, e Iggy salió disparado, con el pelo erizado. Ben lo acarició hasta que se tranquilizó lo suficiente para empezar a ronronear.

—He estado pensando —dijo al final Iggy—. Palillo podría ayudarnos. Los duendecillos del bosque tienen un sentido del olfato increíble, y cuando huelen algo que quieren, desprenden un brillo de color rosa por todos los poros de su cuerpo. Así que, cuando encontremos un sendero, podemos asegurarnos de que es el correcto gracias a Palillo. Si lo mantienes levantado justo delante de ti, empezará a brillar cuando encontremos el sendero que nos lleve a su casa. Al menos entonces habremos regresado a la franja horaria correcta.

—¿Como si estuviéramos buscando un pozo de agua? —Ben recordó haber visto a unas personas en televisión que llevaban levantadas unas ramitas de avellano, finas como palillos. Esas pequeñas varas saltaban y se retorcían al pasar sobre el agua. Tal vez fuera una habilidad que tenían todos los palillos...

Iggy lo miró como si estuviera loco.

—No tengo ni la menor idea de lo que estás hablando —respondió.

—Agua...

Lo dijo un hilillo de voz apagada y aguda. Ben podría haber jurado que era una voz procedente del contenedor que el señor Dodds y su cómplice habían llevado al almacén. Iggy y él se acercaron hasta el bulto. Era una caja grande, de un metro y medio de largo y casi un metro de alto. Era más bien como un ataúd. Ben le dio unos golpecitos.

—¿Hola? —preguntó—. ¿Hay alguien ahí dentro?

Como respuesta, la caja empezó a moverse y a emitir crujidos. Ben e Iggy retrocedieron de un salto. El gato empezó a mover el hocico como loco, de un lado para otro.

—Sea quien sea procede de Eidolon —comentó.

—¡Necesito agua!

Fuera lo que fuese, parecía muy exigente.

—Si te dejamos salir —dijo Ben con cautela—, ¿prometes no hacernos daño?

—¿Vosotros me habéis metido aquí dentro?

—No.

—Entonces no os haré daño.

Eso parecía bastante justo. Ben miró con mayor detenimiento el cierre, luego rebuscó entre el montón de llaves. En esa ocasión, le sirvió la segunda que había escogido. Estaba adquiriendo práctica en eso de abrir cerraduras. En cuanto el candado se abrió, la tapa de la caja saltó de golpe.

En su interior había algo grande, moteado, lacio y brillante. Tenía unos enormes y húmedos ojazos negros, y aletas. Era una foca. Con un vestido de color verde esmeralda.

Al ver a Ben y a Ignatius, entornó los ojos y empezó a temblar. Lo que ocurrió a continuación bien pudo ser una ilusión óptica causada por la luz de la luna, o lo que suele ocurrir cuando uno debería llevar horas durmiendo: cuando Ben volvió a mirar a la foca, le pareció que se había convertido en una niña.

8
Senderos

El chico pestañeó a toda prisa, por si era algún problema de visión. Sin embargo, cuando volvió a enfocar la vista, la foca seguía siendo una niña, aunque siguiera teniendo aletas y un rostro bastante bigotudo.

—¿Qué es esto? —preguntó, el asombro lo hizo olvidar por completo sus buenos modales.

Iggy soltó una risita.

—Las criaturas de este mundo son tan sosas en comparación con las de Eidolon… Esta joven dama es lo que se conoce en las leyendas de las islas escocesas con el nombre de *selkie*.

Ben se quedó mirando al gato.

—¿El qué?

—¿Tenéis que hablar de mí como si yo no estuviera delante? —preguntó de pronto la niña-foca—. Ayudadme a salir de esta caja. —Su voz era tan musical como el mar un día de calma, y sus ojos eran tan brillantes y relucientes como las piedrecitas que se encuentran en la playa.

Ben obedeció, y agarró algo que parecía un enorme trozo de goma negra, húmeda y flexible.

—Me llamo —dijo la *selkie*, tosiendo con delicadeza al tiempo que se tapaba la boca con una aleta— La que Nada por la Senda de Plata de la Luna, hija de El que se Posa sobre la Gran Roca del Sur para Atraer a las Hembras, pero podéis llamarme Plata.

Después de una pausa, mientras asimilaba lo que había oído, Ben respondió.

—Yo soy Ben Arnold. Aunque mi padre solo se llama señor Arnold. Soy un chico humano. Sin embargo, Iggy, aquí presente, dice que también soy de Eidolon, que es algo que no entiendo. ¿Qué clase de criatura es una *selkie*?

Ella se rió, y su risa era como el sonido de las olas escurriéndose entre los guijarros. Ben empezaba a estar hasta las narices de tanta imagen marina.

—Soy, como acaba de explicar esta bestia, hija tanto del agua como del aire…

Ben vio de reojo que Ignatius se había molestado por el hecho de que lo hubieran llamado bestia. Lo tenía merecido. Al chico empezó a gustarle más la *selkie*.

—Por las noches soy una foca que nada y juguetea en lo profundo del mar. Sin embargo, durante el día, o cuando me apartan de mi elemento natural durante demasiado tiempo, adopto la forma que ves ante ti. —Empezó a toser otra vez, y eso le provocó una convulsión tremenda—. Creo —dijo por fin cuando se le pasó el ataque— que vuestras leyendas hablan de capas mágicas de piel de foca que, al quitárselas, privan al que las lleva de volver a convertirse en criatura marina. —Se rió y abrió los brazos de par en par—. Es una tontería, como entenderás. Mojada, soy una foca, seca, soy una niña. Bueno, casi. Al parecer no puedo conseguir que se me transformen las aletas. —Se las llevó al frágil pecho y miró a su alrededor, con los ojos abiertos de par en par por el miedo—. ¿Qué es este horrible lugar? Huele a muerte y a desesperación, y no hay nada de magia en él. Si me quedo aquí permaneceré para siempre con forma de niña, y eso sería terrible. Necesito agua para volver a ser una foca, pero si el agua de aquí es tan mala como el aire, no me servirá de mucho.

—Igual que Palillo —dijo Ben con suavidad.

—¿Palillo?

El chico señaló al duendecillo del bosque que se encontraba sobre la jaula en la que Iggy había estado atrapado.

—Lo encontré en mi jardín.

Plata miró a Palillo con lástima.

—Sin duda no tiene buena pinta. Puede que los dos estemos mal por el mismo motivo.

Ben hizo una mueca de dolor.

—¿Mi mundo es malo para vosotros?

Ella se estremeció.

—Aquí no hay magia —respondió—. Todo parece plano, apagado y sin vida. Y sin magia, yo no puedo sobrevivir.

—Debemos encontrar el camino para regresar al País Secreto —añadió Iggy—, lo antes posible. El problema es que no sé dónde está la entrada al sendero correcto, y ya sabes cómo son esos caminos, podríamos acabar en cualquier parte si tomamos el equivocado.

La *selkie* lo miró con cara de súplica.

—¿Los gatos sabéis guiar?

—Lo llaman Trotamundos —soltó Ben con voz aguda y mucho sentido práctico—, porque es un gran explorador.

Iggy se avergonzó.

—Bueno, sí, pero... —buscó a toda prisa una excusa—, los hombres que me atraparon me golpearon en la cabeza antes de que tuviera una oportunidad de poder orientarme.

Plata se aterrorizó.

—¡Entonces moriré! —Agarró a Ben por el brazo con su fuerte aleta. Incluso a través de la tela de la manga de la sudadera, el chico sintió el frío del mar de otro mundo—. ¡Tienes que ayudarme!

—Haré lo que esté en mi mano —se limitó a responder.

—Serás mi héroe. —La *selkie* cerró los ojos. Le apareció una arruguita vertical en la frente, como si estuviera pensando con todas sus fuerzas—. Cuando me hicieron atravesar el camino entre los mundos, el olor cambió y supe que ya no estaba en Eidolon. Al abrir los ojos, lo único que vi fue un montón de arbustos oscuros, un gran charco de agua con unas cosas de madera de colores, una piedra altísima, un camino con curvas...

En ese momento, a Ben le llegó el turno de fruncir el ceño para concentrarse. Arbustos oscuros, un gran charco de agua, una piedra altísima...

¡La piedra con forma de obelisco!

—¡El parque Aldstane! —soltó en tono triunfal—. La piedra alta... Aldstane es «Piedra Antigua» en inglés arcaico. ¡Además, allí hay un gran lago navegable con barcas de colores, y montones de árboles y arbustos!

El parque Aldstane estaba detrás de la urbanización King Henry y había sido el lugar preferido para las muchas meriendas familiares presididas por el Terrible Tío Sybil. Ben odiaba esas salidas, y recordaba una en particular con todo lujo de detalles. La prima Cynthia y su hermana Ellie habían levantado un campamento secreto y habían desaparecido en medio del bosque de rododendros, acebos y espinos del parque, dejando atrás a Ben. A las siete, el muchacho había llegado a la conclusión de que aquello era una fastidiosa jugarreta. Con una determinación funesta, las buscó, y se arrastró entre los matorrales, tropezó con las raíces de los árboles y se asustó al encontrarse con unos perros salvajes. Y, cuando al fin localizó el escondite, las chicas le tendieron una emboscada y lo dejaron atado a un árbol hasta que salió la luna y el vigilante del parque lo encontró y se rió mucho de la broma que le habían gastado al chico. Incluso en ese momento, al recordarlo se sonrojó.

Como héroe, tenía un montón de cosas que aprender.

De pronto, la *selkie* cayó al suelo, tenía la respiración entrecortada. Iggy empezó a lamerle la cara, pero ella lo apartó con un gesto débil.

—Agua... —dijo gimoteando.

Después de pensar durante un instante, Ben salió corriendo escalera abajo. En la pajarería, los acuarios resplandecían fantasmagóricos con las luces de neón.

—Lo siento —se disculpó con los peces luchadores de Mongolia. Retiró la tapa de su acuario, sacó a los dos desconcertados peces con un colador, los dejó colgando a un lado del acuario y los puso en un acuario enorme lleno de peces de colores. En lugar de emprender la conquista del nuevo territorio con la pasión que uno hubiera esperado de unas criaturas de la tierra del gran Kan, nadaron de inmediato al fondo de la pecera y se encogieron de miedo, temblando de terror, debajo de un arco decorativo, mientras los peces de colores daban vueltas y más vueltas y los miraban, abriendo y cerrando la boca con curiosidad. Ben desenchufó el acuario vacío y subió la escalera llevándolo en brazos y dando tumbos; el agua le empapó el jersey. Entró dando bandazos por la puerta del almacén y, con un esfuerzo sobrehumano, vertió todo el contenido del acuario sobre la *selkie*. El agua lo inundó todo, los tablones del suelo, los pies de Ben, las cajas y las jaulas. Por desgracia, gran parte de esa misma agua mojó a Ignatius Sorvo Coromandel, que maulló escandalizado y dio un salto para ponerse a salvo. Desde lo alto de una pila tambaleante de cajas, borboteaba y silbaba como una tetera en el fuego, con el pelo pegado al cuerpo, lejos de parecer el mejor explorador felino de los dos mundos.

Al entrar en contacto con el agua, a Plata empezó a motearsele la piel y a brillarle. Suspiró y rodó sobre sí misma, y sus movimientos se volvieron más sinuosos y característicos de una foca. Al final, mientras se frotaba la cara con las aletas, se incorporó. Le habían salido bigotes alrededor del hocico y tenía los ojos redondeados y negros.

–Gracias –fue lo que oyó Ben mentalmente, aunque lo que oyó en realidad fue algo más parecido a un ladrido. Se quedó mirando a la *selkie* (que en ese momento era más foca que niña) y se preguntó cómo diantre iban a llegar una foca, un gato y un duendecillo del bosque a un parque que estaba a más de cinco kilómetros de distancia. Sin embargo, incluso mientras se lo planteaba, la *selkie* estaba volviendo a cambiar: empezaron a desaparecerle los bigotes; la cabeza empezó a cambiarle de forma, el pellejo moteado dejó paso a la piel y a un fino y holgado vestido de algodón verde. Sin embargo, las aletas, de un negro desafiante y gomoso, no desaparecieron.

–Será mejor que nos marchemos ahora mismo –sugirió Ben–. Deprisa. ¿Puedes caminar?

Sí que podía, a su manera. El chico le dedicó a Iggy una rápida caricia con la manga, se metió a Palillo, cubierto con la gorra de béisbol, en el jersey, agarró una funda que tapaba algunas cajas y cubrió con ella la cabeza y los hombros de Plata. Así tenía un aspecto bastante raro –como un fantasma muy pesado y torpe–, aunque Ben pensó que cualquier cosa sería mejor que ser visto paseando con una foca por Bixbury en plena noche. Las preguntas serían difíciles de responder.

Salieron a hurtadillas de la tienda y dejaron a su paso un frenesí de hocicos arrugados y ojos que se abrían y cerraban. En la calle todo se hallaba en silencio y, aunque estaban a principios de verano, hacía bastante fresquito.

La *selkie* miró hacia el cielo y sonrió.

–¡Mirad! –señaló al lugar donde una constelación muy parecida a una cacerola con cuatro patas y un mango alargado flotaba en el cielo estrellado–. ¡El Gran Yeti!

Ben siguió la línea que trazaba su dedo y frunció el ceño.

–Mmm… ¿No querrás decir la Osa Mayor?

Plata rió.

–En mi tierra no lo llamamos así. Y encima de él está la estrella Polar.

–¡Aquí también la llamamos así! –gritó Ben, emocionado.

—Por algún extraño milagro, vuestro cielo nocturno es igual al nuestro —dijo la *selkie*.

Cruzaron la calle principal y la antigua plaza del mercado, donde la luz de la luna iluminaba el monumento conmemorativo a los caídos de guerra. No se veía ni un alma. Era como si todo el mundo hubiera abandonado la ciudad, como si de repente todos se hubieran ido a otro lugar. Como si los hubieran abducido los alienígenas o los hubieran devorado unas plantas gigantescas. A Ben se le ocurrió de pronto la desagradable idea de que tal vez Bixbury no fuera su verdadero hogar. La idea de que tal vez no pertenecía a ninguna parte.

Estaba pensando en eso cuando se oyó un estruendo a lo lejos. Ben miró hacia el camino.

—¡Es el bus nocturno! —corrió calle arriba mientras mantenía el brazo en alto. Plata e Iggy lo siguieron sin estar muy seguros de lo que hacían. El autobús redujo la velocidad y se detuvo con un chirrido seco. La puerta automática se abrió como resoplando y el conductor miró al heterogéneo grupito que se encontraba en la parada.

—¿Va a algún lugar que esté cerca del parque Aldstane? —preguntó Ben.

El conductor le echó un vistazo a él y a sus compañeros para averiguar qué tramaban.

Ben se movió de un lado a otro.

—Vas a la urbanización King Henry, ¿verdad?

El chico asintió con gesto vigoroso.

—¿Venís de una fiesta de disfraces? —preguntó el conductor con suspicacia, que seguía intentando ver bien a Plata y a Iggy.

—Esto… bueno, sí, algo así. Dos menores, por favor, y un gato. —Ben buscó en su bolsillo la moneda de una libra.

El conductor se levantó.

—Me temo que no puedo permitir que suban animales en mi autobús a menos que vayan debidamente atados con una correa o que vayan en un medio adecuado para su transporte.

Ben miró a su alrededor con angustia, pero, aunque pareciera mentira, no había ni rastro del gato. Plata se había adelantado, y tenía problemas con los escalones. Con la excusa de ayudarla a subir, Ben se agachó y le preguntó con voz susurrante:

—¿Dónde está Iggy? —Como única respuesta, Plata se llevó un dedo a los labios. Luego echó hacia atrás la voluminosa funda. Iggy estaba agarrado a su interior con todas sus fuerzas.

Ben se volvió de nuevo hacia el conductor.

—Entonces, serán solo dos menores, por favor.

Plata se dio impulso para subir los escalones, pasó junto a Ben con torpeza y se colocó en un asiento donde el conductor no podía verla. Aparte de una joven pareja que iba abrazadita en el fondo, el autobús estaba vacío. Cuando entró Ben y se sentó junto a la *selkie*, Iggy miró por debajo de la capa y le ronroneó. Plata escondió las aletas y esbozó una tímida sonrisa.

Pasados diez minutos, el autobús los había dejado en la esquina de la urbanización King Henry. Sin embargo, cuando llegaron al parque Aldstane, las puertas estaban cerradas. Ben las zarandeó, pero no sirvió de nada. Intentó trepar por las altas verjas que había a cada lado, pero resbalaba una y otra vez, y acabó quemándose las palmas de las manos.

—¿Qué vamos a hacer? —gimoteó Plata. Se le había apagado la voz hasta convertirse en un inquietante chillido de delfín. Se dejó caer de forma repentina sobre el asfalto, tosiendo.

Iggy se paseaba describiendo desconsolados ochos, maullando.

—Venga, venga, La que Nada por la Senda de Plata de la Luna, no te preocupes, a Ben se le ocurrirá algo.

Al oír eso, Palillo también empezó a moverse. El chico lo sacó de debajo de su jersey y lo dejó en el suelo, en el espacio que quedaba entre todos ellos. El duendecillo del bosque parecía lánguido. No paraba de dar vueltas en la gorra de béisbol, como si no pudiera encontrar una postura cómoda.

Ben se sentó con la barbilla apoyada sobre las rodillas, con el peso de la responsabilidad sobre sus hombros. Recordó lo que su madre le había dicho, que cuidar de otras criaturas te daba una lección de responsabilidad; una observación muy acertada, pero que no te enseña qué hacer en ocasiones como esa. Estaba totalmente perdido. Miró hacia arriba, estaba a punto de admitir la derrota. Bajo la luz de la luna, la piel y el pelo de Plata parecían incoloros. En ese momento parecía un fantasma de verdad. Por un instante, Ben se preguntó si estaría soñando todo aquello, luego, ella le puso una aleta en el hombro y él volvió a sentir esa extraña frialdad, como si alguien lo hubiera cubierto de algas.

—Ya se te ocurrirá algo —dijo la *selkie* entre toses—. Lo sé, Ben Arnold.

Fue como si el hecho de pronunciar su nombre hubiera dado al chico el poder que necesitaba para resolver el problema.

—¿Sabes trepar? —le preguntó a la *selkie*.

Plata sonrió.

—Te seguiría a cualquier parte.

Ben se incorporó de un salto y la ayudó a levantarse.

—Vamos —dijo—. ¡Tengo una idea!

En el muro oeste del parque había un gran fresno con unas ramas que quedaban cerca del suelo a ambos lados de la valla. La silueta del fresno destacaba sobre el cielo del fondo como el árbol cósmico Yggdrasil del libro de mitología de leyendas noruegas favorito de Ben; era el árbol cuyas raíces penetraban en el inframundo y cuyas ramas se elevaban hasta los cielos. ¿Sabrían los pueblos antiguos que existía otro mundo, un país secreto, que estaba pegado al nuestro? Ben se lo preguntó.

Volvió a meterse al duendecillo en el jersey, se agarró a una de las ramas bajas y se encaramó a otra balanceándose. Resultaba sorprendente ver que toda la gimnasia del cole al final había valido la pena. Tal vez hubiera otros aspectos del colegio que podrían resultarle útiles, aunque de momento no le parecía probable.

Iggy lo adelantó de un salto, corrió con ligereza hasta la confluencia con el tronco, y se quedó ahí sentado, sonriendo con aire de suficiencia. Tuvo que batallar un poco (no se le había ocurrido que una *selkie* pudiera pesar tanto), pero Ben consiguió aupar a Plata y colocarla a su lado. Avanzaron por la rama y miraron hacia el suelo, al otro lado de la valla. La *selkie* lanzó un grito de placer repentino. A lo lejos, bajo la luz de la luna, se veía el lago navegable, que brillaba como un espejo en medio del parque. Ben ayudó a Plata a trepar por el árbol, y cuando llegaron a la gran rama inclinada que daba al interior del parque, Iggy y Ben saltaron al suelo.

Plata se tumbó boca abajo sobre la rama y miró hacia abajo.

—No estoy segura de poder saltar desde tan alto.

Ben hizo una mueca de disgusto. Colocó a Palillo con cuidado entre las raíces del fresno y fue a situarse debajo de Plata, con los brazos extendidos.

La *selkie* se incorporó con dificultad, se sentó sobre la rama y dejó colgando las aletas traseras. Un ataque de tos la hizo doblarse de dolor. Al abrir los ojos de nuevo, los tenía humedecidos por algo que bien podrían haber sido lágrimas.

—Tú salta y yo te agarraré —dijo Ben con una confianza que en realidad no sentía.

Plata cerró los ojos y se dio impulso para saltar. Ben también cerró los ojos, como gesto de empatía. Esperó el impacto, pero no se produjo. En lugar de eso se oyó como si algo se arrastrara, seguido por el desgarro de una tela y luego un golpetazo seco. El chico abrió los ojos y vio la funda desgarrada colgando prendida de una rama, y a Plata, cuya caída había quedado amortiguada por el tejido enganchado en la rama, sana y salva a su lado.

—Sin duda alguna, la suerte está de nuestra parte —dijo aliviado Iggy.

Plata echó un vistazo al lago navegable y empezó a avanzar pesadamente hacia la brillante agua. Golpeaba la hierba con las aletas. Al llegar a la orilla, se despojó de su capa verde esmeralda y unos segundos después se oyó un chapuzón. El agua se cerró sin formar ondas sobre la cabeza de la *selkie*. La luna brillaba y proyectaba su reflejo en la oscura superficie y delineaba con plateadas vetas el avance de las ondas concéntricas que se dirigían hacia la orilla. Ben contuvo la respiración. Al final, se produjo una alteración en la superficie y algo reapareció. No era la cabeza de la niña que se había sumergido, sino la de una foca, resbaladiza, bigotuda y con los ojos brillantes. La foca se sumergía y volvía a emerger, se sumergía y volvía a emerger. Nadaba con una sinuosa y ligera gracilidad que llenó al chico de envidia sana.

Sin embargo, Iggy contemplaba la demostración con mirada de desprecio.

—¡Puaj, agua! —exclamó, y luego se volvió de espaldas, temblando.

Al final, la foca cruzó el lago, salió de golpe sin mucha elegancia a la orilla y pestañeó mirándolos con sus ojos enormes, brillantes y redondos.

Incluso en el frío de la noche, el agua empezó a evaporarse de inmediato. Ben contempló maravillado cómo se secaba la criatura, puesto que donde había estado la piel lacia, brillante y moteada de la foca, empezaban a aparecer las partes de piel rosada. La foca estiró una aleta hacia el retal de tela verde esmeralda que estaba en el suelo y, mientras lo hacía, la aleta empezó a alargarse y a estrecharse hasta convertirse en un brazo, si bien es cierto que era una masa oscura y bastante amorfa que al final no tenía ni aleta ni mano. Ben estaba tan atónito por la transformación que se perdió el momento exacto en que la foca se convirtió en una niña. Cuando volvió a mirar, Plata estaba vestida de pies a cabeza y lo miraba con una sonrisa complacida. El chico se dio cuenta de pronto de que era bastante bonita, con su pelo rubio y sus enormes ojazos que habían recuperado cierto vestigio de salud.

—Gracias —dijo ella.

—De nada. No es un gran lago —respondió Ben.

—No te doy las gracias por eso, aunque, de hecho, sí me siento agradecida. No, te doy las gracias por tu caballerosidad.

—¿Por mi qué?

—Por no haberme mirado cuando estaba desnuda.

—Ah, por eso.... —Ni siquiera se le había ocurrido hacerlo—. No tiene importancia.

—Eres un verdadero amigo, Ben Arnold.

El chico se sonrojó de alegría.

Iggy se sentía bastante al margen de aquella conversación, así que carraspeó.

—¿Y qué pasa con el sendero? —preguntó.

La *selkie* sonrió a Ben y él sintió como si se le doblara el tamaño del corazón. Ella miró al cielo nocturno y se volvió.

—Está por allí, entre los arbustos.

El chico siguió la línea que describía su brazo hasta un gran bosque de siluetas negras irregulares, y se estremeció, recordaba muy bien esos arbustos.

—¿Estás segura?

La *selkie* asintió.

Ignatius Sorvo Coromandel se interpuso entre ellos.

—Será mejor que me dejéis ir delante. Por los ojos, ya sabes. —Los ojos le refulgían como dos faros a la luz de la luna.

Lo siguieron por la penumbra de los rododendros. Debajo de la bóveda que formaban las copas de los árboles, la oscuridad era casi total, y hacía más frío que a cielo abierto. Ben agarró el rabo de Iggy con una mano, Palillo se retorcía y daba vueltas en la gorra de béisbol que llevaba en la otra mano, y Plata se colocó en la retaguardia, agarrada al jersey de Ben y dando ruidosas pisadas sobre las hojas secas. En esa peculiar formación, avanzaron entre arbustos y matorrales durante varios minutos.

Al final, Iggy se detuvo.

—¿Qué pasa? —preguntó Ben.

—Esto... nada —respondió Iggy con bastante inseguridad, y siguió avanzando a la cabeza del grupo.

Pasados unos minutos, llegaron al mismo lugar.

—Ya hemos estado aquí —comentó Plata.

—Creía que te llamaban Trotamundos porque eras un gran explorador —exclamó Ben, bastante enfadado.

—Mmm... Sí —afirmó Iggy, y no añadió ni una palabra más.

Olisqueó el suelo con aire de precisión científica, luego los guió en otra dirección. Pasaron agachados por debajo de las ramas y de pronto se encontraron en un pequeño claro circular.

En ese momento, una extraña iluminación roja se proyectó a su alrededor, y tiñó sus caras y la parte inferior de los árboles con una pátina escarlata. A Iggy le brillaban los ojos como a un demonio. Plata lanzó un gritito de susto y Ben miró a su alrededor como loco, intentando averiguar el origen del fenómeno. A la luz pronto se le unió una especie de rasguido agudo, algo bastante parecido al zumbido de un mosquito gigante. Ben se miró la mano. Era Palillo. El pequeño duendecillo del bosque estaba sentado muy erguido, con todo el cuerpo vibrando como un diapasón. Estaba cantando, y la extraña luz roja salía proyectada de cada uno de los poros de su cuerpo. La luz se alejó del duendecillo, recorrió la polvorienta tierra como una mecha encendida y hacía saltar chispas al entrar en contacto con las raíces y las hojas secas. Al final, chocó contra un gran fragmento de piedra semihundida en una mata de espinos.

Ignatius Sorvo Coromandel sonrió de oreja a oreja, y los dientes le resplandecieron teñidos de color rojo sangre.

—¿Lo veis? He encontrado la entrada del sendero. —Agachó la cabeza y empezó a olisquear con brío la senda que trazaba la luz. Al llegar a la piedra, se detuvo. La rodeó tres veces, pisando con cautela entre los arbustos espinosos, volvió a detenerse y retrocedió hacia el otro lado—. Es este —sentenció—. No cabe duda.

Plata se adelantó.

—Déjame ver. —Se puso a gatas, luego soltó un gritito de placer, al que le siguió un nuevo acceso de tos.

—¿Qué ocurre? —Ben se colocó a su lado de inmediato.

Iggy estiró el cuello, porque era un cotilla.

La *selkie* estaba toqueteando una rama de espino. Enganchado en uno de los espinos, había un retal de tela roja.

—¡Socorro! —gritó casi sin aliento.

Ben volvió a meter al duendecillo en la gorra de béisbol y se lo puso debajo del jersey. La luz roja disminuyó hasta convertirse en un tenue fulgor, y el trozo de tela cambió de color y pasó a un verde rosáceo pálido. Ben lo desenganchó del espino y se lo pasó a Plata.

—¡Es de mi vestido!

Se volvió para mostrar a Ben y a Iggy la espalda de su delgadísima túnica verde esmeralda. Cerca del dobladillo, faltaba un trocito de tela en forma de zigzag, como si lo hubieran arrancado con violencia. El retal que la chica sostenía en sus manos encajaba a la perfección con ese hueco.

—¡Vaya! —exclamó Ben, sobrecogido.

—Este es el lugar por el que me trajeron a tu mundo —dijo la *selkie*—. Aquí me encerraron en la caja.

—Por aquí es también por donde yo entré —añadió el gato. Lanzó un largo maullido—. Aquí hay huellas humanas, y recuerdo el olor de la piedra.

Ben pasó las manos por la roca. Tenía las marcas del paso del tiempo: estaba cubierta de musgo y bien enterrada en la tierra. Se notaba que, al igual que un iceberg, gran parte de ella se hundía en el subsuelo. Pasó los dedos por encima como si estuviera recordando algo. Se detuvo, y sacó a Palillo de la sudadera. Mientras sostenía al duendecillo delante de la piedra como una linterna, analizó la superficie rocosa con detenimiento.

Oscurecida por el musgo y la corrosión de la lluvia, se vislumbraba una forma en particular. Alguien había grabado una palabra en ella. Era una forma con muchas líneas rectas y ángulos, y, durante un instante, Ben no supo muy bien qué decía. Pero entonces...

—¡Mirad!

—¡Es la auténtica piedra antigua! —exclamó Ben—. Es una especie de mojón del camino... —Siguió los trazos con los dedos y los fue leyendo—: «EI-DO-LON.» —Y alguien había pintado con tiza una flecha sobre la Aldstane, señalando hacia el suelo.

Ignatius Sorvo Coromandel se situó detrás de la piedra, donde los espinos formaban un hueco sombrío. Allí, hizo algo con una de las patas delanteras, y esta desapareció. Ben se quedó mirando. Iggy apretó la cara contra el suelo en el lugar donde había desaparecido la pata. Y, pasado un segundo, también desapareció la cabeza.

Ben soltó un suspiro ahogado de alarma.

Pasado un instante, el gato reapareció intacto.

—¡Puedo olerlo! —gritó—. ¡Puedo oler nuestro mundo!

El duendecillo del bosque estaba sentado, con sus enormes ojos centelleantes refulgiendo de rojo como frambuesas iluminadas por dentro. Su letargo agonizante se había desvanecido ante la posibilidad de regresar al País Secreto. Estaba disfrutando como… bueno, como un enano, pensó Ben. Luego pensó: «Disfrutar como un enano… ¿Cómo se puede utilizar la expresión "disfrutar como un enano", si los enanos son de cuento?».

Estas reflexiones quedaron interrumpidas cuando Plata le dio una palmadita en el hombro.

—Acompáñanos, Ben Arnold —le dijo.

El gato se quedó plantado al borde del sendero.

—Acompáñanos a Eidolon, Ben —le espetó Iggy—. Ven en busca de tu destino.

El País Secreto: un lugar lleno de magia y maravillas, un mundo que era en cierta forma su mundo, un mundo que limitaba con el nuestro como un reflejo. Un mundo al que se podía entrar solo por un sendero. Ben se estremeció. ¿De verdad quería ir a un lugar así? ¿Y si no podía regresar? ¿Empezaría a enfermar como Palillo y Plata estaban enfermando en su mundo?

Iggy empezó a avanzar con impaciencia.

Ben pensó en su familia. Pensó en sus hermanas: Ellie, tan sarcástica y susceptible, que, pese a todos su defectos, la Navidad anterior había ahorrado y le había comprado el regalo perfecto: *La gran enciclopedia de los peces*. La pequeña Alice, que se aferraba a su dedo con su manita como si la presión que ejercía fuera la única forma que tenía de transmitirle el amor que sentía por él. Pensó en su padre: estaba tan ocupado con su trabajo en el periódico, contando chistes mientras hacía la colada… Su padre, que se había ofrecido voluntario para talar los setos de su Terrible Tío Aleister a cambio de un acuario que hiciera feliz a Ben. Y luego pensó en su madre. No pensó en ella agotada ni confinada en la silla de ruedas, sino en el brillo de sus ojos verdes, la singularidad de esa única ceja levantada antes de que le dedicara uno de sus delicados guiños de complicidad.

—No puedo dejarlos —dijo para sí—, no puedo.

Entonces se dio cuenta de que había pensado en voz alta, porque Plata rompió a llorar. Se acercó a él y lo abrazó. Ben sintió la extraña frialdad sobre su piel y fue como estar en el mar.

—Sé que volveré a verte, Ben Arnold.

El chico asintió en silencio. No podía hablar, pues tenía un enorme nudo en la garganta.

Palillo, con la lucecita roja por fin extinguida, voló hasta situarse delante de la cara de Ben, arrastrando tras de sí la gorra de béisbol. Sin duda alguna, se trató de un gran esfuerzo, pero el duendecillo estaba riendo y dejó a la vista dos hileras de dientes brillantes y afilados. Depositó la gorra de béisbol sobre la cabeza de Ben (con la baba de las babosas y los restos de pastel de carne incluidos).

—Gracias, Ben... Salvarme... Nunca olvidar... —Luego cayó al suelo, agotado.

La *selkie* se agachó, levantó con delicadeza a Palillo con su gran aleta negra y lo acunó acercándolo a su pecho.

Ignatius Sorvo Coromandel se alejó de la entrada del sendero.

—¿Estás del todo seguro de que no quieres venir con nosotros, Ben?

El chico asintió con la cabeza, y derramó una sola lágrima. Se la enjugó con rabia.

—Lo siento, Iggy. No puedo. Mi madre está enferma. No puedo abandonarla.

El gatito parecía triste.

—Eidolon es tu destino, Ben, y me gustaría enseñarte tu otro hogar.

Ben sonrió de medio lado.

—Ya, pero...

Iggy frotó la cabeza contra la pierna del chico y un sonoro ronroneo retumbó en la arboleda. Ben hincó una rodilla en el suelo y abrazó al gato con tanta fuerza que sintió cómo latía su corazón en las manos.

—Te echaré de menos, Iggy.

El gatito sonrió en la oscuridad.

—Sé tu verdadero nombre, Benjamin Christopher Arnold —dijo con un tono grave de vaquero del Oeste—. Puedo llamarte en cualquier momento. —Entonces Iggy se separó de Ben y se quedó plantado ante la entrada hacia el sendero. Se volvió para mirar al chico y le recordó—: Y tú sabes mi verdadero nombre y puedes hacer lo mismo. Aunque solo puedes hacerlo tres veces: ¡así que no las malgastes! —Luego, como el gato de Alicia, desapareció de forma gradual, hasta que no quedó rastro ni de su sonrisa.

Plata se inclinó hacia delante de modo repentino y besó a Ben en una mejilla.

A continuación, se situó detrás de la Piedra Antigua y desapareció.

Ben se quedó allí solo en la oscuridad durante un largo rato, acariciando el frío beso que había posado en su mejilla la *selkie* de gélidos labios. Luego se dio media vuelta, atravesó los arbustos y salió una vez más al parque. La luz de la luna iluminaba el rastro que habían dejado sobre la hierba cubierta de rocío en forma de camino serpenteante y tenebroso. Lo siguió hasta el fresno, se encaramó al árbol, volvió a la calle y regresó a su casa.

The Daily Tribune

OVNI avistado sobre el Parlamento

A última hora de la noche de ayer, los peatones que cruzaban el puente de Websminster declararon haber avistado un objeto volador no identificado frente a la fachada del Big Ben.

«Era mucho más grande que cualquier pájaro –declaró Paula Smith, de 34 años y herborista de profesión–. Jamás he visto nada igual.»

Un grupo de turistas japoneses sacaron varias fotos del objeto, una de ellas es la que publicamos en estas páginas. Se trata de una imagen bastante borrosa, el objeto se ve entre la fachada iluminada de la torre del reloj y la luz de la luna llena. En opinión de este periódico, el objeto es probablemente una garza o una simple broma.

El profesor Arthur James Dyer, del Departamento de Animales Extinguidos de la Universidad de Londres, está en desacuerdo con estas hipótesis.

«Sin duda es mucho más grande que una garza, y las alas no son del todo aviarias. Por lo que yo sé, no cabe duda de lo siguiente: es el primer avistamiento de un pterodáctilo vivo.»

No se trata de un incidente aislado. En las últimas semanas, se han producido varios casos de testigos que afirman haber visto criaturas curiosas en los alrededores de nuestra capital.

El pasado martes, unos juerguistas que se encontraban en el parque de Hampstead Heath vieron algo que describieron como un enorme animal peludo y negro que se metía corriendo por un conducto subterráneo de la linde este del prado. Uno de los testigos afirmó que había visto con total claridad a la criatura y que esta tenía «la cabeza y el torso de un hombre con cuernos» y «las piernas y las partes bajas de cabra». El testigo declaró que «se trataba, sin duda, de un sátiro».

Este avistamiento se ha atribuido a la obra de un bromista disfrazado.

Anuncio en la revista de caza **Horse & Hunt**:

¿Busca algo más deportivo que la caza del zorro? Podemos ofrecerle una presa más desafiante. Si ha soñado alguna vez con matar un huango, un tigre de dientes de sable o un camelopardo, podemos hacer realidad sus sueños. ¿Para qué pasar horas y horas persiguiendo a una triste criatura indefensa por las tierras de otra persona, cuando podría poseer una emocionante criatura de la que presumir? Escríbanos a: CazaMaravillas S. A., código postal 721, Bixbury, Oxon OX7 9HP. Toda la correspondencia se gestiona con la máxima discreción. No espere más, estas criaturas escasean: ¡y usted puede lograr que escaseen aún más!

El Heraldo de Kernow

HOSPITALIZADO UN VECINO DE LA LOCALIDAD

La bestia de Bodmin: ¿realidad o ficción?
Unos excursionistas que regresaban de un paseo por la reserva Sibleyback en el prado de Bodmin el domingo pasado por la mañana salieron corriendo en todas direcciones con sus coches cuando fueron sorprendidos por unos fuertes rugidos procedentes del otro lado de un muro de piedra.

El señor Wise de Daglands Road, en Fowey, ingeniero de profesión, no demostró precisamente mucho ingenio al salir de su coche. Su esposa, Barbara, una mujer rubia de 43 años, narró a nuestros periodistas su versión de los hechos:

«Oímos un terrible rugido, y Bernard me dijo: "esa es la bestia. Voy a sacar unas fotos para los periódicos y me haré rico". Y un minuto después cogió su videocámara y salió a toda prisa del Vectra. Luego empezó a escalar la pared. Mi Bernard nunca ha estado muy en forma, pero estuvo a punto de llegar hasta arriba, y, bueno, lo que ocurrió a continuación fue un poco confuso. Vi una enorme silueta negra que se levantaba detrás de él, y luego un gran fragmento de la pared se vino abajo cuando Bernard estaba apoyado con una mano en ella, se cayó de espaldas y se dio un golpe en la cabeza. Lo llevé al servicio de urgencias del hospital Callington, pero ha estado inconsciente desde entonces».

Un portavoz del hotel nos ha contado que el señor Wise ha salido de la unidad de cuidados intensivos y que se encuentra «todo lo bien que cabe esperar». De forma extraoficial, la enfermera Samantha Ramsay ha añadido que fue una suerte para él que lo derribara la pared y no lo que estaba detrás de ella.

Hace décadas que se oyen historias sobre una «bestia de los prados»; sin embargo, en los últimos meses se han propagado los rumores como la pólvora. Se han producido más de veinte avistamientos de un supuesto gato gigante, y los agricultores de la localidad han perdido bastantes ovejas. Los expertos del Departamento de Conservación de Animales Peligrosos del Zoológico de Londres a los que llamamos analizaron los restos de algunas de las víctimas y se mostraron sorprendidos por el hallazgo.

«Creímos que podía tratarse de un puma o un leopardo huido –dijo el doctor Ivor Jones–. Pero, en realidad, la amplitud de la mandíbula, que averiguamos por las mordeduras, sugiere que se trata de un animal de mayor tamaño, que seguramente tiene unos enormes dientes caninos, que podrían ser incisivos tan grandes como los de un esmilodón.»

Puesto que los esmilodones (tigres de dientes de sable) se extinguieron en la era terciaria y en la actualidad no existen felinos con una mandíbula similar, las opiniones del doctor Jones han provocado una importante controversia.

SEGUNDA PARTE

Allí

9

En la casa del Terrible Tío Aleister

En los días siguientes, Ben se arrepintió de su decisión de no seguir a sus compañeros hasta el País Secreto. Pensaba en ello al despertar, se quedaba pensativo en clase y, por la noche, veía a Iggy, a Palillo y a Plata en sueños: un gato pequeño de color negro y marrón con brillantes ojos dorados mirando hacia un paisaje desconocido desde lo alto de una torre de piedra. Un duendecillo del bosque, sonriendo de oreja a oreja, a la caza de mariposas nocturnas, correteando entre las ramas en lo más profundo del bosque. La mayor parte de lo que soñó sobre La que Nada por la Senda de Plata de la Luna eran imágenes de ella impulsándose con suaves coletazos desde las oscuras profundidades del océano hasta la superficie de un mar resplandeciente.

Sin embargo, algunas noches sus sueños eran menos serenos. En una ocasión, soñó con un espantoso ser muy alto que avanzaba dando grandes zancadas. Tenía una cabeza de perro que quedaba perfilada por la luz de la luna y unos afilados dientes blancos que centelleaban con el pálido fulgor. Y oía los gritos de criaturas aterrorizadas que iban apagándose poco a poco hasta convertirse en gemidos, como si las arrastraran por un largo y enorme túnel.

Algunas veces, cuando se despertaba de esas pesadillas, aquellos gritos se materializaban gradualmente en los llantos de su hermana pequeñita que gimoteaba por las noches, y entonces le sobrevenía una confusa sensación de culpabilidad, como si hubiera dejado alguna tarea importante sin hacer.

En la escuela intentaba olvidar esos pensamientos, pero estando en clase siempre había algo que le recordaba el País Secreto: en Lengua fue una redacción titulada «Imagina que tu mascota de pronto tiene el poder de hablar». En Dibujo Técnico, estaban dividiendo círculos en partes iguales y Ben pensó en el momento en que Iggy le describió Eidolon y su separación de la tierra con una sacudida. Y en la clase de Biología, cuando el señor Soames les habló de la extinción de los dinosaurios, Ben, sin pensarlo, soltó:

—No, no están extinguidos, señor, viven en…

Por suerte un compañero, Adam, lo libró de seguir haciendo el ridículo al añadir: «¡… En Bornemouth!», lo que hizo que todos sus compañeros de clase rompieran a reír.

Ben se moría de ganas de contar a alguien sus aventuras. La presión a la que estaba sometido por los secretos que tenía que guardar se estaba haciendo tan insoportable que tenía la sensación de que iba a explotar. Pensó en contarle algo a Ellie, pero sabía que ella se partiría de risa, se lo contaría a sus estúpidos amigos (sobre todo a la prima Cynthia, con quien era uña y carne) y se burlaría de él. Su padre estaba más preocupado que de costumbre. El señor Arnold le contó a su hijo que iba detrás de algo que «podía acabar siendo una gran noticia» y pasaba muchísimo tiempo fuera de casa realizando la «investigación». Estuvo varias veces a punto de contárselo a su madre, pero parecía tan cansada y enferma que, aunque era con seguridad el único miembro de su familia que lo creería, el muchacho estaba seguro de que eso haría que su madre se preocupara por él, algo que solo podría agravar su estado. Así que una mañana decidió salir al jardín, echar un vistazo para asegurarse de que nadie estaba oyéndolo, y acercarse a la delgadita gatita blanca de ojos rasgados.

—Escucha —le dijo con el tono más razonable que fue capaz de conseguir—, tengo que hablar con alguien sobre esto o voy a volverme loco. Eres una gata, se supone que tienes que conocer Eidolon y a Trotamundos, los senderos y todas esas cosas. ¿Es cierto o ha sido todo un sueño?

La gata le lanzó una mirada intensa, como de reproche, luego arqueó el lomo y se alejó con paso airado.

«Pero bueno —pensó Ben—, ¡qué maleducada! —Luego se dijo a sí mismo—: Puede que sea una gata un poco sorda.» Le gritó, pero la felina se coló por debajo de la valla y despareció. O su habilidad para hablar con los gatos había desaparecido junto con Ignatius Sorvo Coromandel o se lo había imaginado todo.

Sin embargo, ¿quién iba a inventarse un nombre así? ¿Quién, estando en su sano juicio, inventaría una trama tan increíble como esa?

Cuando regresó a la casa, su madre lo llamó. Estaba en la cocina, encorvada en la silla de ruedas. La ropa que había intentado levantar para meter en la lavadora estaba desparramada en el suelo.

—¡Oh, Ben! —exclamó al verlo, y parecía abatida.

Los vaqueros que Ben se había puesto la noche que había llevado a Iggy, Palillo y Plata al parque Aldstane estaban sobre las rodillas de su madre y ella sostenía algo muy pequeño y oscuro en la mano. Tenía la cara pálida, el gesto fúnebre y una mirada muy distante, aunque su voz revelaba un rotundo enfado.

—¿De dónde has sacado esto?

Abrió la mano. El objeto que tenía en ella era marrón, tenía una forma casi ovalada y en un extremo era más angosto que en otro. Tenía arruguitas y estrías en un lado, aunque parecía liso por el otro. Era como un pedacito de piña de abeto, pero, fuera lo que fuese, no era de madera. El chico tardó unos minutos en recordar dónde lo había encontrado.

—¿Y bien? Estoy esperando una respuesta, Ben.

¿Cómo iba a contarle a su madre que había entrado sin permiso en la pajarería del señor Dodds y que se había encontrado esa cosa rara en el suelo del almacén? Sabía que aunque su madre odiara la crueldad contra cualquier criatura y se quedara horrorizada con el relato del horrible negocio del señor Dodds, se enfadaría muchísimo con él.

—No... no sé lo que es —respondió, con la esperanza de desviar la atención de su madre.

—Ajá, pero yo sí lo sé, y no debería estar en este mundo. —Cerró los ojos, como derrotada por el agotamiento—. Demasiado tarde —susurró—. Debería haber vuelto, pero lo dejé demasiado tarde...

Ben sintió que se le encogía el corazón.

—¿Qué ocurre, mamá? ¿Estás enferma?

La señora Arnold miró a su hijo con angustia, intentó empujar la silla moviendo las ruedas para retroceder hasta la puerta y se desmayó.

Ben se arrodilló junto a su madre.

—Mamá, ¿qué te ocurre?

Pestañeó mirándolo, aunque era como si no lo viera. Movía los labios como si estuviera diciendo algo, pero no emitía ni un sonido.

Ben se sentía impotente. Agarró a su madre por la muñeca, y el objeto cayó de su mano. El chico volvió a metérselo en el bolsillo, y luego tomó el pulso a su madre y empezó a contar, tal como le habían enseñado a hacer en la clase de primeros auxilios del colegio.

Ciento cincuenta, eso no podía estar bien.

En el siguiente intento contó hasta doscientos. Salió corriendo al vestíbulo. ¿Debía llamar a una ambulancia o a su padre? Al final hizo ambas cosas.

Nadie sabía qué le ocurría a su madre. En el hospital la tuvieron en aislamiento y la llenaron de toda clase de tubos, pero no mejoraba. Una amiga de su madre fue a casa de la familia y se llevó a la pequeña Alice. El Terrible Tío Aleister y la tía Sybil se ofrecieron para cuidar de Ben y Ellie, para que el señor Arnold pudiera pasar más tiempo junto a la cama de su mujer.

—Papá... —empezó a decir Ben en tono de súplica, pero su padre se volvió y lo miró con una expresión llena de tristeza. Al verlo, el chico se sintió incapaz de negarse a nada.

—Solo será por una semana o algo así, hasta que haya pasado la peor parte —dijo el señor Arnold, como si de verdad lo creyera.

Fue horroroso estar en casa del Terrible Tío Aleister. Ben ya lo había imaginado, aunque con una especie de vago temor que no le dejaba prever con mucho acierto los detalles concretos. La imaginación nunca había sido su punto fuerte, así que no estaba preparado en absoluto para lo que se avecinaba. En primer lugar, la tía Sybil le hizo quitarse los zapatos en la puerta antes de dejarlo entrar («no hay que estropear las alfombras»), luego le obligó a tomar un baño y a lavarse el pelo con un mejunje que, según había prometido con una risita nerviosa, lograría librarlo «de cualquier asqueroso visitante indeseable».

Ben no tenía ni idea de a qué se refería con eso, aunque la idea de tener visitantes en el pelo, celebrando fiestas, pasándolo bien, invisibles para el resto del mundo, resultaba bastante interesante. Aun así, obedeció a su tía, aunque el champú le irritó los ojos y le produjo picores en el cuero cabelludo. Hasta que Cynthia le hizo un comentario desdeñoso y comentó algo sobre los piojos, no se dio cuenta de lo que había querido decir la tía Sybil, y después de eso le picó la cabeza toda la noche.

Le habían dado de cenar riñones, patatas cocidas y col hervida, una combinación que tenía un sabor tan espantoso que no había podido comérsela, pese a estar muerto de hambre. Como castigo, lo habían mandado a su cuarto antes de hora para que se terminara el plato de asquerosa comida en lo que la tía Sybil llamaba el «cuarto de las cajas». Supuso que lo llamaba así porque la habitación estaba llena de ellas. De hecho, había tantas cajas que apenas quedaba espacio para una cama. Eran cajas de cartón marrones y estaba apiladas de cualquier modo. Ninguna de ellas llevaba etiqueta, y estaban todas cerradas con cinta de embalaje marrón. La primera que intentó levantar era tan pesada que ni siquiera pudo moverla, aunque la siguiente resultó bastante ligera, como si alguien hubiera cerrado con cinta aislante una caja llena de aire. Al sacudirla, no le pareció que hubiera nada dentro.

Se sentó al borde de una raquítica cama plegable y se quedó mirando el plato. A continuación, poco a poco, fue comiéndose todas las patatas. Sin embargo, la col era de color gris, una masa viscosa que olía a agua estancada, y en cuanto a los riñones… Derrotado, encontró una bolsa de plástico y metió lo que quedaba de comida dentro; luego lo metió en su mochila. A la mañana siguiente, la tiraría a escondidas al cubo de la basura antes de que la tía Sybil la encontrara. Luego pensó en serrar una de las cajas con la navaja que sus tíos no habían logrado confiscarle, aunque al final pensó que podrían seguir dándole de comer col y riñones si lo averiguaban, o algo peor. Después se quedó pensando largo y tendido en su madre. Estuvo a punto de romper a llorar, y para distraerse se sacó del bolsillo de los tejanos el extraño objeto que había recogido en la pajarería, le dio vueltas y más vueltas entre los dedos mientras palpaba sus extraños bordes dentados y la suave hendidura de la cara interior. Lo tenía levantado a medio metro de la cara y se preguntaba por qué su madre se había mostrado tan afectada al verlo. En ese preciso instante, apareció por la puerta entreabierta una extraña criatura. Era un ser pequeño y desprovisto de pelaje, el rostro afilado, enormes orejas y unos ojazos muy abiertos de color amarillo ámbar. Tenía pellejos arrugados en los tobillos y se le amontonaban haciendo bolsas en las articulaciones. Empujó la puerta con la cabeza, entró en la habitación y se quedó quieto, mirando a Ben. El chico se soprendió tanto al verlo que tiró lo que tenía en la mano. Cayó rozando el suelo sin alfombrar y fue a parar justo delante de la criatura pelona, que retrocedió con nerviosismo. A continuación, dio un paso para acercarse y lo olfateó. Levantó la cabeza de golpe, alarmado. Al final apartó el objeto de una patada y silbó, y la cara se le convirtió en una gran arruga.

En ese preciso instante, Ben se dio cuenta de que aquella extraña criatura solo podía ser un gato; es más, sin duda era el nuevo gato de Cynthia. Sin embargo, ¿no se supone que los gatos tienen un suave pelaje sedoso de pies a cabeza? ¿A qué nueva atrocidad había sometido Cynthia a esa pobre bestia?

Le tendió una mano.

—Ven, minino, minino —dijo con suavidad.

El gato, o fuera lo que fuese, le lanzó una mirada malévola.

—No me llames «minino» —le replicó, y su voz sonó aguda y desgarrada.

Ben hizo una mueca de sorpresa.

—¡Sabes hablar! Creí que me lo había imaginado todo. ¿Cómo te llamas?

El gato sonrió.

—No pienso picar. —Cruzó la habitación con paso airado, lo miró de soslayo y luego dio un salto para subirse al alféizar de la ventana que tenía detrás. Ben sentía la mirada del felino sobre él como una sombra fría en la nuca. Se estremeció y se volvió.

—¿Eres un gato? ¿Qué le ha pasado a tu pelaje?

—Son demasiadas preguntas.

—¿Cynthia te ha hecho algo? No siempre cuida acertadamente a sus mascotas...

El gato le habló con voz siseante.

—¿Mascotasss? Yo no soy una mascota. Soy una esfinge.

Ben enarcó las cejas. Le pareció bastante impresionante, porque las únicas esfinges que conocía eran las que vigilaban la gran pirámide de Keops, y esa bestiecilla arrugada se parecía más al Yoda de *La guerra de las galaxias* que a una imponente escultura egipcia.

Como si hubiera podido leerle la mente, el gato entornó los ojos.

—Nosotras las esfinges no tenemos pelo, no estamos cubiertas de ese apestoso pelaje que usan los gatosss normales y corrientes. —Puso gesto malicioso—. No como Trotamundos.

—¿Conoces a Trotamundos?

La esfinge empezó a arrastrar una pata con un ademán típicamente gatuno.

—Oh, sssí, conozco a Trotamundos. —Se quedó mirando sus zarpas estriadas y, a continuación, lanzó una inocente mirada a Ben—. ¿No sabrásss por casssualidad donde está?

—No. La última vez que lo vi... —Ben se calló—. ¿Por qué quieres saberlo?

—Esss un… amigo.

Hubo algo en la forma en que la esfinge dijo aquello que hizo que Ben dudara de su sinceridad.

—Esto… se ha ido por ahí. —Finalizó la frase de forma poco convincente.

El gato se quedó mirándolo con suspicacia.

—A Eidolon —añadió Ben, para ver cuál era la reacción de la criatura.

La esfinge se quedó con las orejas hacia atrás, pegadas a la cabeza.

—¡Ssssss! ¿Qué sabes tú sobre ese Mundo Sombra?

—¡Oh, bueno!, un poco de esto y un poco de aquello —respondió Ben sin darle mucha importancia—. Cómo llegar y cosas así.

En ese momento, el gato puso cara de susto. Bajó de un salto del alféizar y se escabulló por el borde de la habitación como para dejar la máxima distancia posible entre Ben y él.

—Te ha enviado como sssu essspía —susurró—. Debería de haberlo imaginado. —Lo miró con los ojos entrecerrados—. No debesss meterte en cosasss que no te incumben, Ben Arnold. Podría ser muy peligrosssso.

Y dicho eso, desapareció.

Ben se quedó sentado en la cama durante un rato, con una clara sensación de incomodidad. Deseó que hubiera estado Iggy allí para poder hablar con él. Al cabo de un rato se levantó, se acercó a rastras hasta la puerta y escudriñó el pasillo. No se veía ni rastro de la esfinge, ni de nadie más. Cerró la puerta con cuidado, levantó la pieza que había cogido en el almacén del señor Dodds y volvió a estudiarla detenidamente.

Era un objeto vulgar, aunque el gato parecía haberse asustado al verlo.

Recordó la forma en que había reaccionado su madre cuando lo había descubierto en el bolsillo de sus vaqueros.

¿Qué diantre sería?

Le dio la vuelta, lo examinó por debajo, pero no obtuvo más pistas. Lo restregó entre los dedos y descubrió que era áspero por un lado y liso por el otro. Tras mirarlo con mayor detenimiento, le pareció que en algún momento había sido de color rojizo, pero que se había desteñido y ahora tenía un color marrón bastante apagado. Lo olisqueó, y olía un poco a humedad, como si fuera algo que hubiera tenido vida en el pasado.

Frunció el ceño, subió a la cama e intentó ponerse cómodo. No paraba de darle vueltas a las cosas, los pensamientos se le agolpaban como una bandada de murciélagos en una cueva.

Ben durmió mal esa noche. Quizá fue porque el colchón de la cama plegable estaba lleno de bultos. Quizá porque estaba en casa del Terrible Tío Aleister. O porque tenía hambre, o porque Cynthia y Ellie estaban riéndose en la habitación de al lado. Quizá durmió mal por lo que había dicho la esfinge.

En cualquier caso, de pronto se dio cuenta de que estaba totalmente despierto al amanecer. En el exterior se oía un motor en marcha, era un sonido grave y estruendoso. Se levantó y miró con cautela por la ventana. Había un camión dando marcha atrás en el camino de la entrada. Tenía la parte trasera abierta como si alguien estuviera cargándolo y descargándolo. Ben entrecerró los ojos para ver mejor en la oscuridad. Durante largo tiempo no vio nada en absoluto porque no había luna, pero tenía la sensación de que estaba desarrollándose una gran actividad, porque podía oír pasos sobre la grava e incluso el murmullo de unas voces. Pasados unos minutos, su paciencia se vio recompensada cuando algo se acercó a la casa y saltó la luz de seguridad. Vio la silueta de dos personas con la nariz ganchuda, el cuerpo jorobado y manos como garras.

La luz se apagó.

Ben contuvo la respiración, pestañeó varias veces seguidas. Se frotó los ojos. ¿De verdad había visto lo que había visto? Sin embargo, la luz no volvió a encenderse y, después de un rato, oyó que cerraban de golpe el portón trasero del camión, luego alguien se subió a la cabina y sacó el vehículo al camino. El chico se quedó mirando cómo menguaban las luces rojas de posición a medida que el camión se alejaba.

Tal vez seguía soñando. Eso lo habría explicado todo.

No obstante, cuando se alejó de la ventana se golpeó un dedo del pie con la pata de la cama, lo que le hizo ser dolorosamente consciente de que estaba despierto.

Esas siluetas que había visto cargando cajas en la parte trasera del camión eran un par de trasgos reales.

10
Un descubrimiento sorprendente

A la mañana siguiente, durante el desayuno, Ben se dio cuenta de que Cyntia estaba mirándolo con cautela, lo que no era muy frecuente, puesto que no solía mirarlo más que para lanzarle miradas de odio. Incluso Ellie parecía apagada. Eso significaba que la conversación quedaba en manos del Terrible Tío Aleister y de la tía Sybil, que estaba planeando una especie de excursión. Ben no estaba prestando demasiada atención, en parte porque el tema parecía aburrido (un cliente se había quejado de unos productos defectuosos que había proporcionado la empresa de su tío), y en parte porque el gato de

Cyntia, la esfinge anónima, estaba sentado justo encima de la estantería, como un sujetalibros bastante molesto, mirándolo fijamente con sus ojos amarillo ámbar.

—Bueno, ¿qué te parece? —preguntó la tía Sybil con intensidad—. Podríamos aprovechar el viaje para hacer una excursión.

El tío Aleister no parecía muy feliz con la idea de pasar el día con toda la familia acompañándolo a resolver sus asuntos de negocios.

—Os aburriréis mucho —era lo que no paraba de decir.

—Pero —replicó la tía Sybil enérgicamente— creo que esa casa es uno de los mejores ejemplos de arquitectura de los Tudor del país. A los niños les vendrá bien adquirir un poco de cultura.

Su marido entornó los ojos. Sabía que no tenía alternativa.

—¿Hay tiendas de moda? —Eso era lo único que parecía interesar a Ellie y a Cynthia.

La tía Sybil sonrió e ignoró la pregunta.

—Los alrededores son maravillosos. Y tiene un jardín laberíntico.

Cynthia frunció los labios.

—¿Es que tengo pinta de ser alguien a quien le gusten los laberintos? —refunfuñó.

—Y unos cuantos gaiteros de reconocido prestigio.

Entonces Ellie fue muy grosera y empezó a partirse de risa.

—¿Y quién va a querer escuchar a una panda de idiotas tocando la gaita?

La tía Sybil parecía sorprendida y confusa a la vez.

—No, no, querida… Son unos cuadros…

Claro está que eso tampoco sirvió para mejorar nada.

Ben, que por un momento se había sentido bastante intrigado por el grupo de gaiteros, volvió a volcar su atención en los trasgos que había visto por la noche. ¿Qué debían de estar haciendo allí, en casa del tío Aleister? Era todo muy extraño. En lugar de ir a una casa de campo destartalada con muebles viejos y cuadros antiguos, hubiera preferido quedarse y buscar pistas. Y, además, quería tener una nueva ocasión para hablar con la esfinge.

—Bien, entonces, ¡ya basta de poner pegas! —anunció el tío Aleister—. Vamos a ir todos juntos y no se hable más. ¡Rapidito, rapidito! No podemos hacer esperar a lady Hawley-Fawley.

Ben dio un respingo: había reconocido ese nombre.

—¿Te refieres a lady Hawley-Fawley de Crawley? —se aventuró a preguntar.

El Terrible Tío Aleister se quedó mirándolo con desprecio.

—¿Qué sabrá un mocoso como tú sobre la aristocracia?

Ben se quedó dudando.

—Esto… Yo… —Pensó lo más rápido que podía y dijo lo primero que se le vino a la cabeza—: He oído que tiene una colección de zapatos famosa en el mundo entero.

¿Por qué narices habría dicho precisamente eso?

—¿Zapatos? —A Ellie se le iluminó la mirada.

—¡Fantástico! —exclamó Cynthia.

Y con eso bastó. Media hora después, estaban todos apretujados en el todoterreno de la tía Sybil e iban camino a Crawley.

Durante todo el recorrido, Ben intentó recordar con exactitud dónde había oído el nombre de lady Hawley-Fawley. Él no había conocido jamás a ninguna lady ni a ningún lord. Tal vez su padre se lo había mencionado mientras trabajaba en uno de sus artículos para el periódico. Sin embargo, sabía que esa tampoco era la explicación. En ese preciso instante, el tío Aleister dijo a su mujer que el producto en malas condiciones era el incinerador del jardín, y eso sí hizo que todas las piezas encajaran en la mente de Ben.

El chico recordó la carta con membretes en relieve que se encontraba sobre el escritorio del despacho de la pajarería. No obstante, esa carta estaba dirigida al señor Dodds.

Y si eso era cierto...

Se quedó mirando con mucho detenimiento la nuca del Terrible Tío Aleister y pensó en las posibles implicaciones.

En lugar de seguir a todos los demás a la gran mansión, Ben buscó una excusa para ir a explorar los jardines. Se sorprendió de no encontrar a nadie vigilándolos. El tío Aleister tenía su cita, y la tía Sybil, la prima Cynthia y Ellie estaban demasiado emocionadas por la famosa colección de zapatos para preocuparse de que él se fuera solo. Y esa era otra buena razón para desaparecer durante un rato.

Lo primero que vio fue un cartel que indicaba el camino al jardín laberíntico y decidió ir a echar un vistazo. Sin embargo, resultó un lugar bastante decepcionante, construido con verdes setos no muy altos y grava de colores, y no había ni rastro de un laberinto. Los surtidores de las fuentes estaban apagados, y había unas cuantas palomas rollizas posadas en los bordes, con cara de aburrimiento. Siguió el sendero hasta los estanques artificiales, donde orondos pececitos de color naranja nadaban con ociosidad en zigzag entre las algas, como submarinos en miniatura, y al final llegó a una huerta. Las hojas del año anterior estaban esparcidas sobre la hierba, entre los árboles frutales, y daban un aspecto desaliñado al lugar, sobre todo si se comparaba con los jardines de los alrededores. Sin embargo, a Ben le gustaba más el aspecto silvestre de esa zona. Apartó con el pie un par de hojas y se quedó contemplando cómo se movían en espiral levantadas por la brisa. Cogió una manzana caída del árbol y, después de limpiarla bien frotándosela en los tejanos, le dio un mordisco, pero la fruta estaba ácida y verde, y cuando se quedó mirando la marca que había dejado con los dientes, vio algo blanco y arrugadito cerca del corazón de la fruta.

—¡Puaj, gusanos! —Tiró la manzana lejos con toda la fuerza que pudo y siguió caminando.

Después de la huerta había una zona con hierba pisoteada y objetos de color marrón desparramados sobre un suelo crujiente; probablemente eran cáscaras secas de piñas de haya. Unos metros más allá, la hierba pisoteada dejaba paso a una zona incluso más abandonada, donde había maquinaria oxidada, balas de paja, rollos de tendido eléctrico y estacas de madera tiradas entre cobertizos ajados por el paso del tiempo y retretes de exterior cubiertos de musgo. Había macetas resquebrajadas, bolsas de abono putrefacto y herramientas de jardinería. Viejos cajones de embalaje, una bicicleta a la que le faltaba una rueda y... ¡un dragón!

Ben se quedó de piedra, con los ojos abiertos como platos.

Jamás había visto un dragón, salvo en los libros. Allí estaban representados con vistosos colores y soltaban ráfagas de fuego por la nariz, con las que, en un periquete, convertía a las doncellas en comida del Kentucky Fried Chicken. También salían luchando contra empecinados caballeros que habían ido a salvar a la doncella en cuestión. O hechos un ovillo junto a montones de oro en cuevas de montaña, vigilando su botín para protegerlo de los ladrones. Eran criaturas del mundo de la fantasía, poderosas, crueles e imponentes, que remontaban el vuelo y bajaban en picado de súbito surcando los luminosos cielos mitológicos.

Ese dragón no tenía pinta de haber remontado el vuelo en su vida, ni de haberse batido en duelo con un caballero, ni siquiera de haber cocinado doncella a la parrilla. Era pequeño (para ser un dragón), y llevaba un pesado collar que alguien había atado a una estaca con un trozo de cuerda deshilachada. Estaba sentado, encorvado, con su cola llena de escamas y un par de alitas delgadas y pellejudas que colgaban de su lomo; parecía un triste perro faldero. Tenía la piel moteada y la cabeza gacha, con desánimo. Ni siquiera levantó la vista cuando Ben se acercó.

—Hola —saludó el chico.

El dragón levantó la cabeza con parsimonia, como si le pesara más de lo que pudiera soportar.

Tenía los ojos de color violeta y parecía tener varios anillos formando el iris, en lugar de uno solo, como es habitual. Ben tuvo la sensación de que si se quedaba mirándolo durante un rato, empezaría a marearse.

Cuando se dio cuenta de que el visitante no era más que un niño, el dragón volvió a dejar caer la cabeza y se quedó allí sentado, contemplado sus largas y escamadas zarpas.

Ben se acercó más, con cautela. Sabía que debería de estar aterrado, puesto que los dragones de los libros que había leído eran monstruos terribles, pero lo único que sentía era curiosidad y cierta compasión. El dragón no solo parecía indefenso, sino derrotado y bastante tristón. Ben tuvo ganas de darle un achuchón y le hubiera gustado cortar la cuerda para liberarlo.

Apretó la cosa que tenía en el bolsillo y, de pronto, supo con exactitud lo que era.

—Disculpa —empezó a decir, le pareció una buena idea ser lo más educado posible—. ¿Por casualidad esto es tuyo?

Sacó la escama del bolsillo, tendió una mano, la puso bajo el hocico de la criatura y vio que le llameaban las fosas nasales. Luego, dos protuberancias que tenía en la cabeza —Ben imaginó que serían las orejas—, empezaron a retorcerse. El chico retrocedió un paso, por si el dragón estaba preparándose para lanzar una llamarada y hacerlo a la barbacoa.

—Otra más —dijo el dragón con tristeza.

—¿Disculpa?

—Has encontrado otra —repitió el dragón.

Asintió con la cabeza de una forma bastante distraída y, de pronto, Ben se dio cuenta de que lo que él había tomado por trocitos de piña de haya secas eran escamas que habían caído en la hierba y la tierra pisoteadas. Comprendió que el moteado de la piel del dragón se debía a las clapas de las escamas caídas, que habían dejado a la vista partes del pellejo de color marrón oscuro. Incluso las escamas que le quedaban tenían un aspecto apagado y enfermizo.

—¿Estás enfermo? —le preguntó de repente—. No tienes muy buen aspecto.

—Estoy cansado —respondió el dragón con parsimonia. Fijó la mirada de sus extraños ojos en Ben—. Y me muero de hambre.

A Ben se le escapó una risita nerviosa.

—Entonces, ¿no te han dado de comer?

La criatura levantó una pata delantera con pesadez y señaló una pila de hojas de col y peladuras de patata en putrefacción que se encontraba junto a uno de los cobertizos.

—Si a eso puede llamársele comida...

—¿Qué te gustaría más? Tal vez pueda conseguírtelo.

Los ojos del dragón se iluminaron durante unos segundos.

—Siempre he tenido predilección por los mamíferos de sangre caliente —comentó el dragón y dio un buen repaso con la mirada al chico. Luego puso sonrisa maliciosa—. Tienes suerte de que no tenga fuerza ni para asar un conejo. Ni a un chorlito.

—¿Un qué?

Pero el dragón se quedó con la mirada perdida a lo lejos, con cara pensativa.

A Ben se le ocurrió algo. Se quitó la mochila. Dentro llevaba la bolsa de plástico con la cena cuajada de la noche anterior. Había pensado tirarla al cubo de la basura, pero en ese momento la abrió delante del dragón.

—Puede que aquí haya algo que te guste —sugirió, aunque era difícil creer que alguien pudiera considerarlo así, incluso tratándose de una criatura hambrienta de otro mundo.

El dragón olfateó el viscoso montón. Metió un poco el hocico y separó la col de la carne. Luego salió disparada una larga lengua gris, igualita a la de una serpiente, aunque mucho, muchísimo más larga, y dos segundos después habían desaparecido todos los trozos de riñón.

El dragón se quedó mirándolo, esperanzado.

—Mmm... Estaba delicioso. ¿Hay más?

Ben pensó que en el País Secreto la comida debía de ser bastante menos apetecible que en este mundo, pues recordó la voracidad con que Iggy se había zampado el pastel de carne.

—No —respondió el muchacho—. Lo siento. Eso era todo.

Ya estaba pensando que habría sido maravilloso esconder al dragón en el jardín del Terrible Tío Aleister para deshacerse de las cenas que no quisiera, cuando oyó unas voces que se acercaban. Dos personas estaban cruzando la huerta y, por el tono de una de las retumbantes voces, se dio cuenta de que pertenecía al tío Aleister.

Ben hizo una mueca de disgusto, agarró la mochila y la bolsa de plástico y salió disparado a ocultarse detrás de uno de los cobertizos que tenía más cerca. Oyó que el dragón susurraba a sus espaldas:

—¡Qué maleducado! ¡De verdad, qué maleducado! No me ha dicho ni adiós. En realidad, ni siquiera se ha presentado…

—Es completamente inútil, créame —dijo la persona que iba con el tío Aleister—. Ha funcionado mal desde el primer día. Lo único que hace es estar allí sentado, cabizbajo. Como puede ver, no ha quemado ni una sola hoja desde que lo tengo. ¡La huerta está hecha una pena! Ni siquiera puedo enseñar esa cosa a mis invitados, ¡es tan feo! Además, estoy segura de que está enfermo, como verá, se le están cayendo las escamas.

La persona que hablaba era una mujer alta y delgada que llevaba una fular de colores chillones. Tenía la nariz puntiaguda y afilada, brazos largos y huesudos, y llevaba una larga y ajustada falda que llegaba casi al suelo. El tío Aleister iba caminando junto a ella. Ben se dio cuenta, pues estaba espiando escondido entre la maquinaria de jardín y los rollos de tendido eléctrico, de que su tío tenía la cara bastante roja, como si estuviera reprimiendo las ganas de decir un montón de cosas más de las permitidas en una buena relación con el cliente.

—Permita que le eche un vistazo a la bestia, lady Hawley-Fawley —dijo al final, y tiró un poco de ceniza de la colilla de su puro—. Estoy seguro de que es un problema de alimentación. Estas criaturas exóticas tardan un poco en acostumbrarse a su nuevo entorno, ¿sabe? —Se quedó ahí plantado durante un rato mirando al dragón con desprecio. Luego le tendió una mano.

El dragón lo miró con un interés mucho más evidente que el que había mostrado con anterioridad, luego enseñó los dientes, todos ellos, que eran un montón, y soltó un rugido ronco. El tío Aleister retrocedió a toda prisa.

—¡Quiero que me devuelva el dinero! —exigió la mujer, enfadada—. Hasta el último penique de mis mil quinientas libras, y sin discusiones, amigo mío.

—Si hubiera leído la letra pequeña con detenimiento... —empezó a decir el tío Aleister.

—No me venga con esas paparruchas de la letra pequeña —repuso lady Hawley-Fawley—. Conozco mis derechos. Devuélvame el dinero o proporcióneme uno nuevo, ¡ahora mismo!

—Bueno... Nosotros... No tenemos más... productos de ese tipo en este momento.

Lady Hawley-Fawley puso las manos en jarra.

—Si esa va a ser su actitud, tendré que llamar a la junta, y a la gente de Control de Mercancías. Y al Defensor del Pueblo. Y a mi diputado.

El tío Aleister aún no había conseguido reaccionar cuando la clienta añadió, echándole una mirada intransigente:

—¡Y a la policía!

—Está bien, está bien. Le conseguiré otro.

—Y deshágase de este. No lo quiero quitándome sitio en el jardín. Además, no quiero que se muera aquí. No puedo ni imaginar lo que diría de esto la Sociedad Protectora de Animales.

El tío Aleister asintió con la cabeza, con gesto abatido.

—Y usted también puede largarse con viento fresco y llevarse a su chiflada familia consigo. ¡Con que una famosa colección de zapatos...! Pero ¿¡por quién me ha tomado!?

Luego se alejó entre aspavientos y moviéndose con exageración, si es que era posible hacerlo con una falda tan estrecha y larga, y con un par de altas botas de agua de color verde, y dejó al Terrible Tío Aleister a solas con el dragón, o eso creía ella.

El dragón ni siquiera lo miró. En lugar de eso, olfateaba el suelo donde había estado la cena de Ben, como buscando algo. Lamió un trocito de hierba. El tío Aleister dio un paso para acercarse, luego otro, y luego uno más. Le puso una mano en el cuello. Una pequeña ráfaga de humo salió de las fosas nasales de la bestia.

Al tío Aleister se le cayó el puro del susto.

—Bueno, bueno, eso no era necesario —dijo apresuradamente—. Tú sé buen chico y quédate aquí mientras voy a por el coche. —Y se alejó por la huerta a toda pastilla.

Ben esperó hasta perderlo de vista, y luego salió de su escondite.

—Vas a ir a casa con nosotros —dijo con regocijo.

—¿A casa? —repitió el dragón—. En este mundo no tengo casa. —Se quedó mirando a Ben—. Añoro mi hogar. Y temo no volver a verlo nunca más. Me llevarán a otro lugar horrible y, o me matan porque no pueden sacarme provecho, o moriré por falta de cuidados. O de pena por no volver a ver a mi esposa y a mis crías.

Una única enorme lágrima apareció por el rabillo de uno de sus ojos de color violeta y se deslizó por su mejilla. Ben no sabía que un dragón pudiera llorar. Había oído hablar de las lágrimas de cocodrilo, y sabía que significaba que eran lágrimas derramadas por un sentimiento no muy sincero, que servían para engañar a los incautos y así poder darles una dentellada repentina con esos largos colmillos. El dragón se parecía mucho más a un cocodrilo que cualquier otra criatura que a Ben se le ocurriera, pero parecía tan sincero y tan triste que también a él le entraron ganas de llorar.

Tomó una decisión a toda prisa.

—Está bien. Debemos conseguir que vuelvas a casa. Debemos conseguir que regreses a Eidolon.

El dragón pestañeó.

—¿Conoces Eidolon?

—No he estado nunca allí —reconoció Ben—. Pero sí conozco el camino de entrada. —De momento tenía un plan. Y lo bonito del caso era que el Terrible Tío Aleister le ayudaría a llevarlo a cabo sin darse cuenta siquiera de que lo hacía.

El tío Aleister tardó veinte interminables minutos en hacer maniobras para conseguir meter al dragón por la puerta del maletero del todoterreno, porque el olor de los gases del tubo de escape, el aceite y la gasolina hacían que al pobre bicho le invadiera el pánico. Primero desató la cuerda de la valla y tiró del collar. Eso no sirvió de nada. Apoyó un hombro en una de las patas traseras del animal y empujó, pero eso tampoco sirvió. Al final, más para que dejaran de torturarlo que por otra cosa, el dragón se metió en la parte trasera del coche y se agachó, haciéndose un hueco con gran esfuerzo entre los trastos que había allí, con una mirada de hostilidad reflejada en sus ojos de color violeta, mientras el tío Aleister se levantaba del suelo polvoriento, blasfemando por el estado en que había quedado su traje. Finalmente, la criatura se tendió y permitió que el hombre la cubriera con una manta de tela escocesa, para que pareciera un montón de basura en absoluto sospechoso.

Ben se quedó mirando cómo se alejaba el vehículo serpenteando por el sendero, con la parte trasera hundida de una forma bastante alarmante, y luego se incorporó, salió de su escondite y atravesó la huerta corriendo, rodeó los estanques artificiales, atravesó el jardín laberíntico y llegó a la fachada delantera de la casa. Justo en ese momento, apareció el todoterreno por el camino que entraba describiendo una curva por la parte trasera de la propiedad de lady Hawley-Fawley. La tía Sybil, la prima Cynthia y Ellie ya estaban esperando. No parecían muy contentas.

—¡Qué vergüenza! —soltó de sopetón la tía Sybil en cuanto vio a Ben—. ¡Jamás lo he pasado tan mal en toda mi vida!

—No había ninguna colección de zapatos, Benny —dijo Cynthia en tono burlón, y le dio un buen pellizco en el brazo.

—¡Ay! —exclamó Ben.

—Déjalo en paz —dijo Ellie—. Es mi hermano, no el tuyo.

—En el fondo, Ellie parecía haber disfrutado bastante de la escena entre lady Hawley-Fawley y su terrible tía.

La prima Cynthia se sorprendió tanto del tono que había usado Ellie que se metió en la parte trasera del todoterreno sin decir una palabra más.

Era extraño estar confabulado con el tío Aleister, aunque su tío no supiera que compartían un secreto. Cuando el dragón cambió repentinamente de postura al tomar una curva cerrada, el vehículo dio un viraje brusco y la tía Sybil regañó a su marido por su mala conducción: había provocado un buen alboroto en la calle, y Ben se rió por lo bajo. Cuando el dragón dejó escapar un sonoro resuello, el chico fingió que había sido él, así que todos le echaron una mirada sospechosa, incluso el tío Aleister lo miró por el espejo retrovisor. Se situaron en el carril central de la autopista e incluso los trastos más viejos y destartalados los adelantaban. Al final, cuando los adelantó un antiguo coche de tres ruedas, la tía Sybil no pudo aguantar más.

—¡No sé qué narices te ocurre! —gritó—. Estás conduciendo como una vieja. Échate a un lado y déjame coger el volante de una vez.

No tenía sentido discutir con la tía Sybil cuando apretaba los dientes de esa forma. En la siguiente gasolinera, cambiaron de conductor y ella volvió a incorporarse a la autopista.

No tardó en pisar el acelerador; aun así, el todoterreno avanzaba con dificultad por el exceso de peso.

—¡Bueno! —estalló al final la tía Sybil—. Evidentemente, hay algo que no funciona en este coche. Creo que debe de haberse roto el turbo. ¡Va como un caracol reumático!

Ben no entendía muy bien qué había querido decir con eso de «debe de haberse roto el turbo», pero le encantó la descripción del caracol reumático. Se sintió tentado de mirar por la ventana para comprobar si iba dejando un rastro plateado a su paso, un rastro que marcaba su progresión hacia un mundo mágico.

11

Xarkanadûshak

Ellie, Cynthia y la tía Sybil estaban discutiendo sobre los méritos de Versace, Oscar de la Renta y Christian Lacroix en la cocina. A Ben, que no tenía ni idea de lo que estaban hablando, esos nombres le sonaban a jugadores de fútbol extranjeros, pero como conocía el desprecio total que sentía Ellie por todos los deportes, se dio cuenta de que no era probable que ese fuera el tema de conversación. Cuando la discusión se volvió acalorada, Ben se escabulló por la puerta trasera y se metió entre los rododendros para enterarse de lo que hacía el tío Aleister con el dragón. No tuvo que esperar mucho a que su tío saliera del garaje, abriera la puerta trasera del todoterreno y, sin muchos miramientos, sacara el dragón a rastras por el sendero hacia lo que la tía Sybil llamaba su «cenador», pero que a Ben le parecía un cobertizo de jardín normal y corriente.

—¡Y ni se te ocurra intentar quemarlo! —advirtió el tío Aleister a la criatura con tono amenazador en cuanto lo metió allí dentro—. Si chamuscas este lugar, te haré picadillo, de eso puedes estar seguro.

Salió a toda prisa del cobertizo y cerró de un portazo.

—En realidad —añadió, a través de los tablones—, eso sería lo mejor. Apuesto a que Dodds puede sacarle una buena pasta a algún propietario de un doberman por un par de deliciosos filetes de dragón.

—¡Dobermans! —respondió el dragón—. Yo solía comerlos para desayunar.

El tío Aleister se rió con crueldad.

—En el estado en que te encuentras ahora, dudo de que ni siquiera pudieras con un chihuahua. —A continuación, todavía riéndose, se dirigió dando tumbos hacia el caminito oscuro que llevaba a la casa.

Ben se quedó mirando mientras se alejaba. Luego se acercó de puntillas hacia el cobertizo, levantó el picaporte de la puerta para abrirla y se asomó para echar un vistazo. El dragón estaba hecho un ovillo en el suelo, con la cabeza entre las patas. Le pareció ver que temblaba.

—¿Tienes frío? —le preguntó Ben con delicadeza al tiempo que entraba poco a poco.

El dragón levantó la cabeza. Los ojos le brillaban como joyas en la oscuridad.

—¡Picadillo! —musitó—. Quiere convertirme en carne picada para perros.

—Estoy seguro de que no lo ha dicho en serio —fue la respuesta inmediata de Ben. Aunque, conociendo al Terrible Tío Aleister, seguramente sí lo había dicho en serio, sobre todo si podía sacar algún dinero. Sin embargo, de pronto se dio cuenta de la importancia de lo que había presenciado.

—Oyó lo que decías, ¡habéis hablado entre vosotros!

—¡Oh, sí! —afirmó el dragón con sarcasmo—. Somos amigos íntimos, aunque no lo parezca.

—No, me refiero a que creía que solo me pasaba a mí.

—¡Oh, también puede oírte a ti!, ¿verdad? —dijo el dragón—. ¡Estupendo, felicidades!

—No, no —susurró Ben—. A lo que me refiero es a que creía que solo yo podía oír a las criaturas de Eidolon cuando hablaban. Pero si el tío Aleister también puede oírte...

—Están todos metidos en el ajo, todos esos traidores —dijo el dragón con pesar—. Él, Dodman y sus compinches. Siempre han codiciado el poder que ofrece tu mundo. Deberíamos haberlos detenido cuando aún teníamos la oportunidad, pero no nos dimos cuenta de lo ambiciosos que eran.

Ben frunció el ceño.

—¿Quién es Dodman?

El dragón le lanzó una mirada severa. Incluso entre las sombras nocturnas que se proyectaban en el cobertizo, Ben sintió cómo se le clavaba esa mirada.

—¿Es que intentas sacarme de quicio a propósito?

Ben sintió que se ruborizaba. Se alegró de estar a oscuras.

—¿El señor Dodds?

—¡Ah! ¿Con que así es como lo llamáis aquí?

—¿Por qué lo llamas Dodman?

El dragón cerró los ojos.

—Tú reza para no descubrirlo nunca. Ahora será mejor que me dejes solo. Si te encuentran hablando conmigo, también te convertirán en picadillo de carne para perro.

Ben se encogió de hombros.

—No voy a permitir que hagan eso —respondió con firmeza—. A ninguno de los dos. —Se levantó y avanzó hacia la puerta—. Volveré más tarde —prometió—. Para ayudarte a volver a casa.

El dragón abrió un ojo y se quedó mirando a Ben con cara de incredulidad.

—¿Qué posibilidad de éxito tiene un crío como tú si se enfrenta a ellos? Todo esto te viene grande. Será mejor que salves el pellejo y te olvides de mí.

—Me llamo Ben —dijo el chico y respiró hondo—. Benjamin Christopher Arnold. Y lo digo muy en serio.

El dragón abrió el otro ojo.

—Bueno, dar tu verdadero nombre a un dragón, si es que ese es tu verdadero nombre, es un gesto muy valiente —dijo el animal al cabo de un rato—. Aunque seguramente no sabes lo que eso significa. De todas formas, gracias. Es un consuelo para mí haber encontrado un amigo en este horrible lugar, Ben. Aunque seas el último amigo que haga en toda mi vida. —Volvió a meter la cabeza entre las garras con gesto de derrota y cerró los ojos.

—Entonces, ¿eso es todo? —preguntó Ben, y sintió una rabia repentina—. ¿De verdad vas a rendirte? ¿Sin molestarte siquiera en decirme tu nombre?

El dragón suspiró.

—¿Qué sentido tiene? Ni siquiera podrás pronunciarlo.

—Ponme a prueba —respondió Ben en tono desafiante.

—Imagino que puedo fiarme de ti, ¿no? —El dragón fijó en el chico sus extraordinarios ojos, que parecían girar y brillar hasta que Ben tuvo la sensación de que podía desmayarse. Entonces el dragón soltó un suspiro—. Parece que sí puedo fiarme, porque le perteneces a ella. Pero eres tan joven, tan joven... Bueno, está bien, me llamo Xarkanadûshak.

—¡Oh!

En la oscuridad del cobertizo, se vio brillar durante un instante una larga hilera de dientes blancos. Tras un segundo de pánico reprimido, Ben se dio cuenta de que el dragón estaba sonriendo.

—Si quieres, puedes llamarme Zark.

—Zark —repitió el chico. Alargó una mano y le tocó la cabeza a la criatura, muy lentamente. Notó las escamas frías y secas en la palma de la mano, parecía piel de serpiente, pero más dura. Como no sabía qué hacer a continuación, le dio al dragón una simpática palmadita, como habría hecho con un perro—. Tengo que irme antes de que me echen de menos, pero más tarde te traeré algo de comer.

—Nada de col —pidió Zark.

—Nada de col —prometió Ben.

La cena de esa noche fue ensalada. Ben jugueteó desconsolado con el tenedor, intentando encontrar algo con aspecto de comida entre tanto verde. Cynthia y Ellie habían anunciado que estaban a dieta, aunque eran dos sacos de huesos, y la tía Sybil se había unido a ellas, puesto que el tío Aleister había salido para reunirse con un socio. Ben sospechaba que seguramente se trataba del señor Dodds, o Dodman.

Se fue a la cama muerto de hambre. Mientras estaba allí tumbado oyendo el ruido que le hacían las tripas, no le sorprendió en absoluto que el dragón estuviera tan cansado y malhumorado. Había pasado varias semanas siguiendo la dieta Hawley-Fawley: peladuras de patata y col. Se preguntó si debería aconsejársela a su prima Cynthia.

Al final, la casa se quedó en silencio y a oscuras. El Jaguar del tío Aleister seguía sin aparecer en el camino de entrada, pero Ben decidió que ya no podía esperar más. Se arrastró por el descansillo, tuvo cuidado de no tropezar con el tablón levantado del suelo y se deslizó por la barandilla en lugar de usar los escalones. Vestido para pasar desapercibido con un par de tejanos negros, un jersey negro y su plumón negro, se sentía como James Bond.

Su primer objetivo era la nevera. Un enorme electrodoméstico plateado con puerta de doble hoja, como un armario para la comida. Para ser de una familia que estaba a dieta, contenía una lujosa cantidad de cosas. Ben agarró una bolsa del supermercado y la llenó de comida: un pollo asado entero, dos filetes de ternera, una pieza de jamón cocido, unas lonchas de salmón ahumado, un enorme pedazo de queso cheddar, dos paquetes de beicon, una bolsa llena de líquido con algo que sospechó que serían más riñones y una paletilla de cordero. Con eso podría bastar. Luego, para no quedarse corto, añadió una enorme terrina de helado y una cuchara para servirlo.

Se deslizó por el caminito de entrada. Cuando llegó al interior del cobertizo, encontró al dragón de pie, esperándolo impaciente. Metió la cabeza en la bolsa antes de que el chico pudiera cerrar la puerta tras de sí. La totalidad del contenido se desparramó por el suelo.

—Mmm —se relamió el dragón, agradecido—. Ternera, cerdo, cordero, pescado, pollo. Excelente, los principales grupos de alimentos. —Olfateó el recipiente del helado—. Pero ¿qué es esto?

—Súper Mico, helado de plátano con chocolate y nueces, de Ben & Jerry's —dijo Ben al tiempo que agarraba la cuchara.

El dragón le echó una mirada rara.

—¡Qué extraño! —comentó—. A mí no me huele mucho a mico.

Mientras Zark daba cuenta del pollo asado, los filetes y la paletilla de cordero, Ben se concentró en el helado. Luego ayudó al dragón a abrir los envases de beicon, salmón y la bolsa de riñones, y se quedó asombrado mirando cómo lo engullía todo a la vez.

Ben pensó en comerse el queso, pero luego, la simple idea de tragar algo más después de todo ese helado le daba ganas de vomitar. Se lo metió en el bolsillo para más tarde. Quizá fuera una noche larga.

Al final, Xarkanadûshak se comió todo lo que un dragón podía comerse. Soltó un sonoro eructo de satisfacción y se acomodó en el suelo del cobertizo con las patas sobre la panza.

—¡Oye! —le gritó Ben—. Ahora no puedes ponerte a dormir.

—Es solo una cabezadita —dijo el dragón y bostezó.

—No tenemos tiempo. El tío Aleister volverá en cualquier momento. ¿Quieres que te hagan picadillo de carne para perros?

Lo único que recibió como respuesta fue primero un ronquido, luego otro, y otro más. Todo el cenador vibraba con ellos, como si alguien hubiera puesto en marcha un cortacésped.

Ben levantó un rastrillo de jardín y pinchó bien fuerte al dragón.

—¡Despierta!

Zark gruñó. Se le escaparon unas llamitas entre los dientes, que iluminaron el interior del cobertizo.

Ben soltó un grito ahogado.

—¿Qué? —dijo el dragón, enfadado—. ¿Qué ocurre ahora?

—Tus escamas. Están... Brillando.

—Eso es lo que suelen hacer cuando me preparo para achicharrar a alguien.

Ben retrocedió.

—Bueno, pues achicharra al tío Aleister —sugirió—. O al señor Dodds, pero no a mí. Y si no quieres ir a Eidolon, a tu casa, me vuelvo a la cama.

Al oír el nombre del País Secreto, al dragón se le humedecieron los ojos. Y poco a poco empezó a levantarse.

—Entonces, vamos —dijo.

En ese momento, la criatura se sentía revitalizada, lo que podría hacer que el camino desde la urbanización King Henry hasta el parque Aldstane fuera menos complicado de lo que Ben había imaginado. Sin embargo, se había alegrado demasiado pronto. En primer lugar, Zark tuvo que hacer un boquete porque ahora que estaba lleno de comida era simplemente muy grande para pasar por la puerta. A continuación, se detuvo delante del garaje y olisqueó la entrada.

—El monstruo está ahí dentro, ¿verdad? —preguntó.

—¿El monstruo?

—La bestia que me trajo hasta aquí.

—Oh, ¿te refieres al todoterreno de la tía Sybil?

El dragón lo miró con suspicacia.

—Ese monstruo, sí. Tengo unas cuentas que saldar ahí dentro.

Y antes de que Ben pudiera decir algo para detenerlo, Xarkanadûshak había metido la cabeza por la puerta del garaje y había fundido las ruedas del vehículo. El olor a goma quemada y el humo eran horribles.

—A la hora de la verdad —sentenció el dragón con satisfacción—, estas criaturas son unas cobardes. No resisten muchas peleas.

A Ben se le puso la piel de gallina, como si estuvieran vigilándolos, pero al volverse no vio a nadie.

—Será mejor que nos vayamos corriendo —respondió con nerviosismo mientras miraba la columna de humo negro que ascendía en espiral hacia el cielo nocturno.

—¿Corriendo? Los dragones no corremos, chico, solo corren los gallinas. ¡Los dragones volamos!

—Eso está muy bien, pero yo no puedo volar.

—Por supuesto que puedes —respondió Zark con amabilidad—. Sube a bordo. —Levantó una reluciente ala roja en dirección al chico.

—¿De verdad?

—De verdad.

Ben subió al lomo de Xarkanadûshak con la molesta sensación de que había algo que se le escapaba. Sin embargo, antes de poder saber qué era, el dragón juntó sus poderosas patas traseras y se impulsó hacia delante dando un salto con mucha fuerza. Ben estuvo a punto de caerse. Se agarró con todo lo que pudo: manos, pies y rodillas. Entonces supo que era lo que no había tenido en cuenta. Primero: los dragones no tienen nada para que un niño se agarre de ellos. Y segundo: volar suponía estar en el aire y en lo alto.

Ben cometió un error al mirar hacia abajo.

Abajo, muy abajo, vio la urbanización King Henry disminuyendo de tamaño hasta que las enormes casas de los ejecutivos no parecían más grandes que una caja de cerillas. Incluso entonces, tuvo la vista suficiente para poder identificar el Jaguar del tío Aleister entrando por el camino de la casa. Se habían librado por los pelos. En ese momento, el dragón revoloteaba y remontaba el vuelo, y el frío viento silbaba en los oídos de Ben. El aire hinchó su anorak de plumón, que se infló como un globo de forma preocupante. Unos segundos más tarde, el queso se le salió del bolsillo y se precipitó al vacío. Ben tuvo la desagradable sensación de que él sería el siguiente si no conseguía que Zark aterrizara pronto. En ese momento, sin duda, no se sentía como James Bond.

—¡Abajo! —le gritó al dragón—. ¡Baja ahora mismo!

Sin embargo, Xarkanadûshak estaba en éxtasis. Iba tarareando una tonada mientras volaba y las escamas iban cambiándole de color. A la luz de la luna, Ben las vio pasar del rojo al violeta, del azul al verde, del verde al amarillo, de dorado a naranja, y de nuevo al rojo. Era un espectáculo impresionante, Ben era capaz de reconocerlo incluso en su estado de miedo paralizante. Sin embargo, también resultaban bastante visibles para cualquiera que mirase por casualidad hacia el cielo a esa hora tardía de la noche.

—Zarka… Zarpan…

No recordaba el verdadero nombre del dragón.

—Zarnaka... Zarkush...

El dragón se volvió a ambos lados con un rugido malicioso y el viento acalló la voz de Ben. Durante un breve tiempo, vio las copas de los árboles pasar a toda prisa y luego un búho de mirada sorprendida que se alejó de ellos volando hacia un lado.

El pánico acabó por recordarle la palabra.

—¡Xarkanadûshak! —gritó Ben con desesperación—. Debemos aterrizar en el parque ahora mismo.

Al final, consiguió captar la atención del dragón. La criatura rugió, se le escapó una llamita roja por las fauces que se extinguió en la oscuridad. A continuación, como si se viera vencido por el uso de su nombre, Zark extendió las alas y sobrevoló en círculo Bixbury, como si fuera una gaviota planeando en una corriente de aire cálido bañada por el sol. Ben avanzó un poco por el cuello de Zark y le gritó en la protuberancia de la cabeza que creía que podía ser una oreja.

—¿Ves ese lago de la izquierda? Aterriza por ahí cerca.

Zark plegó las alas como si estuviera acechando una presa, descendió y el suelo fue precipitándose hacia ellos a una velocidad preocupante. Algunos niños se habrían puesto a gritar de emoción con ese viaje, pero Ben no era uno de ellos. Apretó los ojos y se preparó para una muerte segura. Por suerte, la muerte segura no estaba esperándolos esa noche. En lugar de morir, llegó el momento en que se dio cuenta de que el dragón ascendía ligeramente, luego notó un tirón y un golpe seco. Al abrir los ojos estaban en el suelo, en el parque Aldstane.

—Creo que no ha sido un mal aterrizaje —comentó Zark entre dientes—. Hemos dado un giro brusco hacia la derecha en la aproximación final. Perder todas esas escamas me ha dejado la aerodinámica hecha cisco. Aunque, de todos modos, lo he hecho bastante bien, teniendo en cuenta que últimamente no había practicado mucho.

Ben bajó deslizándose del lomo del dragón y sintió que le temblaban las rodillas. Era como si el suelo siguiera balanceándose y cayendo en picado bajo sus pies.

—Me siento como un dragón nuevo —dijo Zark, presumiendo—. ¡El gran Xarkanadûshak está vivito y coleando! —Inspiró con fuerza una bocanada de aire y sacó pecho como una vela hinchada por el viento. Luego lo soltó todo con fuerza. Por desgracia, se le escapó una gran llamarada y, de pronto, un banco del parque quedó reducido a su estructura metálica y a una pila de cenizas negras.

—Oh, Zark…

Ben estaba a punto de echarle un sermón por la irresponsabilidad de prender fuego al mobiliario urbano, aunque fuera propiedad pública, cuando oyó gritos. Atraído por la repentina llamarada en la oscuridad de la noche, un grupo de gente estaba escalando por las puertas del parque.

Eran el Terrible Tío Aleister y los trasgos.

12

Eidolon

—¡Zark! ¡Date prisa!

El dragón volvió la cabeza hacia el chico.

—¿Y ahora qué ocurre? —preguntó con cara de pocos amigos.

Ben señaló hacia las puertas del parque.

—¡Ja! El gran Xarkanadûshak los achicharrará a todos.

—No creo que sea muy buena idea —empezó a decir Ben. Auque odiaba al tío Aleister, no dejaba de ser el hermano de su madre.

Zark respiró hondo preparándose para el achicharramiento. Entonces, la luna salió de detrás de una nube, iluminó las siluetas que estaban en la verja de la entrada y la expresión del dragón pasó de la fanfarrona bravuconería al terror.

—¡Dodman! —exclamó con un suspiro ahogado, y lo único que le salió de la boca en ese momento fue un hilillo diminuto de humo.

A Ben se le encogió el corazón.

—Te guste o no, ¡debes correr! ¡Vamos, sígueme!

Niño y dragón salieron huyendo por el parque hacia el oscuro banco de arbustos, hacia la Piedra Antigua. Sin embargo, esa vez no contaban con un duendecillo del bosque que les iluminase el camino. En cuanto estuvieron entre los rododendros, Ben se sintió perdido. Tenía un vago recuerdo de dónde se encontraba la piedra, pero entre la oscuridad y la confusión era difícil encontrarla. Zark avanzaba dando tumbos detrás de él, iba aplastando arbustos, rompiendo ramas, dejando un rastro de devastación a su paso. Al mirar hacia atrás, Ben vio a los sirvientes del señor Dodds que estaban a punto de alcanzarlos, pues tenían un rastro inconfundible que seguir.

El dragón también se volvió.

—¡Malvados trasgos! —rugió—. ¡Tengo que achicharrarlos!

—¡No! —Ben lo agarró de un ala y tiró de ella con impaciencia—. ¡Incendiarás todo el parque!

En su huida, Ben iba mirando a derecha e izquierda para ver dónde se encontraba la Piedra Antigua. Mentalmente la veía con la claridad de la luz del día, pero por desgracia, todavía no había salido el sol.

En la siguiente ocasión en que se volvió para mirar hacia atrás, distinguió al Terrible Tío Aleister y al señor Dodds, justo detrás de los dos trasgos que seguramente habían sido las criaturas que habían cargado el camión en el camino de entrada a la casa.

Recogió del suelo una rama rota de pino.

—¡Zark! —gritó con urgencia—. ¿Puedes tener mucho, muchísimo cuidado y encender esto, y solo esto?

El dragón le echó una mirada de concentración, entonces sopló con gran cautela sobre la vara de madera. Un segundo después, una flor de fuego se abrió en la punta. Ben salió corriendo con la antorcha sostenida en lo alto, como el portador de la llama olímpica.

Por fin podía orientarse.

—¡Por aquí! —gritó al tiempo que atravesaba la densa masa de arbustos. Las puntas de los espinos lo atrapaban y tiraban de la tela de sus tejanos. Oía el dragón detrás de él, que iba resollando con fuerza. Deseó que no estuviera dedicándose a abrir camino quemando lo que encontrara a su paso.

Entonces, apareció de pronto: la Piedra Antigua, el hito del camino a Eidolon.

En cuanto la vio, le asaltaron las antiguas dudas. ¿Quería penetrar en una senda hacia el Mundo Sombra, del cual podía no regresar nunca, o debía hacer que pasara el dragón y él arriesgarse a permanecer en este mundo? Sin embargo, creía que no podría con los trasgos, aunque lograra escapar de los dos hombres. Y le aterrorizaba la simple idea de qué podría ocurrirle si lo atrapaban. Se tragó el miedo y se dirigió corriendo a la piedra, hacia el lugar en que Ignatus Sorvo Coromandel y sus amigos habían desaparecido.

El dragón chocó contra él y estuvo a punto de tirarlo al suelo.

—¿Por qué te has detenido? —exigió saber Zark—. Están alcanzándonos.

—Mira. —Ben levantó la rama encendida hacia la superficie de la piedra para que la luz iluminara las letras grabadas.

El dragón se quedó mirando la piedra y luego miró a Ben.

—¿Qué?

El chico pasó las manos sobre la palabra.

—¿Es que no lo ves? Se lee «Eidolon».

Xarkanadûshak le echó una mirada fulminante.

—¿De verdad crees que los dragones se molestan en hacer cosas como leer?

A Ben se le ocurrieron un montón de respuestas para eso, porque le encantaban los libros y los relatos, pero no era el momento de darlas.

—¡Tú, niño, detente!

Ben levantó la cabeza de golpe.

Era el señor Dodds; de alguna forma había conseguido adelantar incluso a los trasgos. Estaba en la linde del claro y tenía la cara transfigurada por la furia.

—¿Dónde crees que vas con ese dragón?

Ben sintió que se le desbocaba el corazón, pero se armó de valor.

—¡Me lo llevo de vuelta a Eidolon! —dijo con tono desafiante—. Al lugar al que pertenece.

—Me pertenece a mí —afirmó el señor Dodds—. ¡Y tengo toda la documentación que lo acredita! —Sacó un legajo de papeles.

Xarkanadûshak levantó la cabeza y soltó un rugido. Un haz de rojo fuego se proyectó en la noche y, pasados unos segundos, los papeles revoloteaban en forma de diminutos fragmentos de ceniza negra impulsados por el viento. El señor Dodds no paraba de blasfemar y de llevarse la mano quemada al pecho.

–¡Os arrepentiréis de esto! –prometió, y a Ben le pareció como si le crecieran y se le afilaran los dientes–. ¡Los dos!

–¡Deprisa, Zark, entra en el sendero! –apremió Ben. Estiró una mano, y ambos vieron cómo desaparecía.

El dragón pestañeó. A continuación, retrocedió un paso.

–Pero yo no quiero desaparecer –protestó con inseguridad.

–¡Es la única forma que tienes de volver a casa! –gritó Ben con desesperación–. Es el único camino de vuelta que conozco hacia Eidolon.

Sin embargo, en ese momento, el Terrible Tío Aleister y los trasgos se habían unido al señor Dodds. Su tío tenía la cara roja y resollaba como un perro enfermo. Tenía un moratón en la cabeza y varios trocitos de algo con la sospechosa pinta de queso cheddar en la chaqueta.

Se sobresaltó al ver al chico, y durante un instante pareció asustado. Entonces resopló para animarse y gritó:

–¡Benjamin Arnold, vete a casa y métete en la cama ahora mismo! ¡No pintas nada dando vueltas por un parque en plena noche!

El señor Dodds se volvió hacia él.

–Benjamin Arnold, ¿es tu sobrino? –Miró al tío Aleister, luego a Ben y luego al señor Aleister otra vez–. ¿Es hijo de ella?

–Sí, es el chico de Izzy.

El señor Dodds hizo una mueca y le brillaron los dientes en la oscuridad.

–Debería habérmelo imaginado –comentó susurrando–. Y en realidad, Aleister, podrías habérmelo dicho. –Hizo una pausa–. Es mucho más fácil tener enemigos que aliados: al menos siempre sabes exactamente qué esperar de ellos. –Fijó la mirada en Ben una vez más–. Te pareces a ella –dijo con desprecio. Entrecerró los ojos–. Pero ¿no eres tú el chico que me compró ese condenado gato? –preguntó de repente.

Ben asintió con inseguridad.

–¡Maldito entrometido! –gruñó Dodds–. ¡Qué desastre! Será mejor que arreglemos esto, Benjamin Arnold, de una vez por todas. Antes de que se nos vaya de las manos. –Dio un paso hacia delante.

Ben empujó al dragón.

–¡Venga! –dijo a toda prisa–. Adelante...

Uno de los trasgos soltó una risita nerviosa, y dejó a la vista un montón de dientes negros que combinaban a la perfección con sus largas zarpas negras.

–Permítanos comérnoslo –le rogaron al señor Dodds–. Es un muchacho tierno.

–¡Oh, no! –respondió el señor Dodds–. Tengo otros planes para él. Debemos capturarlo, pero no quiero que corra la sangre. Sé cómo os ponéis cuando corre la sangre. –Se arremangó el traje y estiró las manos como garras.

Ben las miró mejor: eran realmente garras.

–¡Entra en el sendero, Xarkanadûshak! –gritó.

Impelido por el uso de su verdadero nombre, el dragón echó a Ben una mirada de reproche y luego dio un paso de prueba hacia el sendero. Una de las patas delanteras le tembló y desapareció, seguida por una parte de la cabeza. A continuación, el dragón juntó las patas traseras y dio un salto, y así se esfumó.

En el momento en que la punta de la escamosa cola de Zark desapareció tras la Piedra Antigua, alguien agarró a Ben por el brazo.

Era uno de los trasgos que mostró sus malvados dientecillos con una sonrisilla maliciosa.

—¡Te tengo!

En un gesto inspirado más por el pánico que por otra cosa, Ben le estampó la rama de pino en llamas en la cara. Con un chillido, el trasgo lo soltó y, en ese preciso instante, Ben tiró la antorcha al otro trasgo y penetró en el sendero.

De inmediato sintió como si estuviera atrapado en un torbellino, y empezó a dar vueltas y más vueltas, como un diminuto fragmento de vida sostenido por una terrorífica fuerza de la naturaleza. El mundo pasaba como un rayo en una oleada de color, un montón de siluetas borrosas, un parpadeo de luces y sombras. La pregunta era: ¿qué mundo?

Ben, que de pronto se sentía asustado, pensó que solo quienes pertenecían de verdad al País Secreto podían sobrevivir a esa transición. Él moriría y nadie se enteraría. Pensó en su madre tendida en la cama del hospital, atrapada entre tubos y monitores, con sus párpados, finos como el papel, cerrados, y se sintió amargamente arrepentido por la decisión que había tomado. Sin embargo, mientras se la imaginaba de esa forma, su madre abrió los ojos de par en par.

«¡Oh, Ben! —susurraba—. Sé valiente, ten cuidado. Ten valor...»

No había sido más que un sueño, un deseo, pero, aun así, lo cambió todo. Ben apretó los dientes y tuvo valor.

El mundo dejó de girar.

Respiró hondo y miró a su alrededor. Era de noche y estaba en un bosque, junto a una enorme piedra que se parecía mucho a la piedra por la que acababa de entrar. No obstante, todo parecía distinto. No sabía definirlo, pero era como si se sintiera más vivo, en todos los sentidos. Notaba un cosquilleo en la piel, como si una corriente eléctrica le hubiera recorrido el cuerpo. Se preguntó si la magia daría esa sensación. ¿O era que simplemente estaba asustado? Se volvió e intentó escudriñar la oscuridad. ¿Dónde estaba el dragón? No se veía ni rastro de él. Se dio cuenta de que, aunque la luna no iluminaba mucho, podía ver a la perfección. Sin embargo, solo veía por un ojo. Si cerraba el ojo derecho, el mundo se volvía lúgubre y oscuro, pero si cerraba el ojo izquierdo era como si el derecho enfocara mucho mejor.

¡Qué curioso!

No obstante, Ben no tenía tiempo de pensar en esa rareza, porque el aire trajo consigo un estruendo tremendo y entonces oyó la voz del señor Dodds, tenía una extraña amplificación y retumbaba como el aullido de un sabueso:

—¡Benjamin Arnold, ven a mí!

Al principio Ben pensó que debía de estar bromeando. Luego se dio cuenta de que estaba intentando conseguir que hiciera lo que deseaba utilizando su verdadero nombre. Y al final pensó que por suerte no sabía su nombre completo.

Sin embargo, el señor Dodds estaba con su tío. El chico sintió que se le encogía el corazón por el miedo. ¿El Terrible Tío Aleister sabía su nombre completo? Teniendo en cuenta que su tío solía llamarlo Benny y nunca Ben, ni siquiera Benjamin, pensó que era posible que no lo conociera. No obstante, no podía confiar en la suerte. Con la cabeza gacha, usando el ojo bueno para abrirse paso entre los árboles y las zarzas, Ben salió corriendo.

Miró con inseguridad hacia arriba, en dirección a la misteriosa oscuridad, y escudriñó las siluetas negras y abstractas en busca del rastro de un depredador, dispuesto a salir corriendo y salvar la vida. Se le puso la piel de gallina. Tenía la sensación de que había algo que estaba mirándolo, como si la magia de ese lugar lo obligara a ponerse en guardia. Ramas, hojas, cielo, luna, ramas… ¡Y un par de ojos!

Ben sintió que se le paraba el corazón y que luego empezaba a latirle a toda prisa. Los ojos estaban mirándolo, un par de ojazos de color ámbar que pertenecían a un ser que no era un búho.

Aterrorizado, desafió esa mirada volviéndose hacia atrás: tal vez había un camino más seguro por ese lugar desconocido y terrorífico, al otro lado del bosquecillo. Sin embargo, varios haces de luz atravesaron los árboles que el chico tenía a sus espaldas, y durante un segundo, con mucha claridad, perfiladas por aquel fulgor sobrenatural, vio cuatro siluetas. Las dos primeras eran los trasgos, no supo muy bien a quién pertenecía la tercera, pero la cuarta era tan terrorífica que olvidó volverse de nuevo para ver por dónde iba y cayó de cabeza, y fue a dar contra el suelo con tanta fuerza que no pudo evitar proferir un grito.

En ese momento, se dio cuenta de que lo había atrapado un árbol.

13

Cautivo

Ben intentaba zafarse, pero el árbol lo agarraba con más fuerza. Pensó con desesperación que, si incluso los árboles estaban compinchados con el señor Dodds, no tenía muchas posibilidades de salir de esa con vida.

Como si reaccionara en respuesta al pánico creciente de Ben, el árbol lo rodeó por el cuello con una de sus ramas y le tapó la boca con ramas más pequeñas, al tiempo que lo agarraba por los tobillos y las rodillas hasta inmovilizarlo del todo.

Lo único que podía hacer el chico era mirar, con los ojos bien abiertos, mientras sus perseguidores llegaban en su busca. Los trasgos iban corriendo por delante de los otros dos, con los ojos brillando en la penumbra. Eran exactamente iguales que los que Ben había visto antes, aunque las dos figuras que los seguían no se parecían mucho ni al Terrible Tío Aleister ni al señor Dodds. El más bajito de los dos tenía una joroba y era calvo, con la cara arrugada, y tenía los dientes y las uñas tan largos que daban miedo. Ben pensó que era como mirar a su tío con trescientos años de edad, salvo que avanzaba con una vitalidad perturbadora. Tenía un golpe en la misma zona que su tío, y el chico se dio cuenta de que, si entrecerraba los ojos, podía ver los restos de cheddar en el hombro de la túnica que llevaba puesta. Detrás de él se alzaba la figura cuya visión había desconcertado de tal forma a Ben que lo había hecho caer en las garras del árbol que en ese momento lo tenía cautivo. En aquel mundo ya no era el señor Dodds, sino el mismísimo Dodman.

Medía más de dos metros y medio, y avanzaba pisoteando la maleza, mirando a derecha e izquierda. Su cuerpo tenía aspecto humano, pero de cuello para arriba tenía la cabeza de un enorme perrazo negro, como un can egipcio que Ben había visto en un libro. Como la criatura que había visto en su pesadilla.

Ben empezó a temblar al ver a su tío y al señor Dodds con sus nuevas e impresionantes apariencias de Eidolon, que, por lo visto, eran el perturbador reflejo de su naturaleza interior. El árbol le apretujaba las costillas, así que apenas podía respirar.

La criatura con cabeza de perro iba olisqueando el suelo mientras avanzaba, con el hocico y la boca abiertos como si estuviera saboreando el aire. La luz de la luna resplandecía en sus dos idénticas hileras de dientes afilados como cuchillas.

Las hojas se doblaban sobre el rostro de Ben y el chico sentía que el tronco cubría más y más sus piernas. Era difícil decidir qué era peor, ser comido vivo por un árbol o que lo encontrara el ser al que el dragón había llamado Dodman y el horrible viejo que otrora había sido su tío. Ben cerró los ojos.

—¡Puedo olerte, Benjamin Arnold!

En ese momento, Dodman lo miró y sonrió.

—Nada puede salvarte, Ben, no en mi mundo.

Miró a su alrededor con sus enormes ojazos caninos de color negro y plateados por la luz de la luna, de forma que parecían un par de relucientes bolas de acero. Su mirada se fijó en un punto a la derecha de Ben y giró las orejas, hasta dos veces, como si estuviera oyendo un sonido cuya intensidad estuviera por encima del umbral auditivo humano. Luego se dirigió caminando directamente hacia el árbol en el que Ben estaba atrapado. El chico podía sentir su aliento cálido pese a la cortina de hojas.

—¡Suéltalo! —ordenó.

Ben sintió que el árbol temblaba, como si una violenta ráfaga de viento lo hubiera zarandeado desde la raíz, pero seguía sin soltarlo. Cuando vio a Dodman de cerca, en toda su envergadura, Ben decidió que prefería que se lo tragara el árbol a que se lo llevara aquel monstruo.

En ese momento, Dodman se lanzó contra el árbol con una bota por delante y Ben oyó gemir a su captor, como habría gemido cualquiera al recibir la patada de un matón.

—¡Suéltalo!

—¡No debo!

Ben se tensó. La voz —que era suave y amable, femenina y muy decidida— parecía proceder de algún lugar por encima de su cabeza, y también de su entorno, como si el mismísimo árbol hubiera hablado. Pero eso era imposible, ¿verdad?

—Si no lo sueltas, será peor para ti, dríade.

¿Dríade? Ben se quedó confuso al oír aquello. Era una palabra que le sonaba de sus libros de mitología.

—Déjame en paz —dijo la voz del árbol—. Le he ofrecido la protección de este bosque y, si no te vas, ¡será peor para ti!

—No conoces a este chico, ni lo que ha hecho, así que, ¿por qué arriesgas tu vida por él? Es un ladrón y un renegado —dijo Dodman gruñendo—, y tú vas a entregármelo.

—Los duendes y las ninfas del bosque están emparentados, y si alguien como tú está persiguiendo a este joven elfo, no resulta difícil imaginar quién tiene derecho a mi protección —le espetó la dríade en tono desafiante.

Todo empezaba a volverse muy raro. Los árboles parlantes eran una cosa, pero ¿qué era eso de las ninfas y los elfos del bosque? ¿A qué se refería?

—El chico es medio élfico, lo que reduce de forma considerable vuestra consanguinidad —dijo Dodman con relativa calma—. Y se ha metido en cosas que no son de su incumbencia. Ahora bien, si no me lo das sin oponer resistencia, tal vez sea necesaria una demostración de fuerza. —Se volvió hacia el viejo—. Aleister, creo que ha llegado la hora de encender un fuego para calentarnos; ¿tienes unas cerillas?

En ese momento, Ben sintió que el árbol temblaba de miedo.

El espantoso viejo sostenía lo que parecía una caja de cerillas normal y corriente en una mano nudosa, dio un paso hacia el árbol e intentó encender un fósforo. En su propio mundo, el tío Aleister era capaz de encender un puro aunque hubiera una gran corriente de aire. Sin embargo, en el Mundo Sombra sus espantosas y largas uñas resultaban un estorbo. Agarró con torpeza la primera cerilla, y se le cayó al suelo. Consiguió encender la segunda, pero estuvo a punto de prender fuego a su túnica. Dodman se quedó mirando, impávido.

—¡Dale las cerillas a los trasgos! —susurró, pero estos sacudieron la cabeza y retrocedieron.

Dodman arrebató de golpe la caja de cerillas al tío Aleister de sus viejas manos. Sin embargo, sus duras uñas negras eran como las de un perro, y no estaban preparadas para la delicada tarea de encender una cerilla.

A Dodman le brillaron los ojos de impotencia. Durante un instante, Ben pensó que, puesto que había quedado tan mal, lo mejor sería que lo dejara y se marchara. Pero no había ninguna posibilidad de que eso ocurriera. Pasados unos minutos, el hombre con cabeza de perro alzó el hocico y aulló en dirección al cielo:

—¡Xarkanadûshak!

A Ben se le paró el corazón durante un segundo, luego fue como si le diera un vuelco.

Al otro lado del claro, en lo alto, se elevó una silueta negra batiendo sus alas con lentitud, como si estuviera decidiendo si hacía caso a la llamada o la obviaba. A continuación, revoloteó y cayó en picado sobre la oscura bóveda del bosque. Pasados unos minutos, se oyó un gran estruendo y un crujido en el subsuelo, y el dragón emergió entre los árboles. Parecía confundido y avergonzado, y cuando Dodman se volvió hacia él, se estremeció.

—Me has llamado —dijo Zark sin entusiasmo.

—¡Oh, sí! —Dodman arrugó su alargado hocico con desprecio y tal vez con cierta alegría—. Tengo un trabajo para ti. Quiero que incendies este árbol.

Zark levantó la cabeza a regañadientes y se quedó mirando el fresno. Entrecerró los ojos, y estos le brillaron.

—No puedo quemar a una dríade —respondió—. Es una criatura sagrada.

—Si no lo haces, te obligaré a ser mi esclavo por el resto de tus días. Y he oído que la vida de un dragón es larga...

Xarkanadûshak bajó la cabeza.

El árbol soltó un poco a Ben al darse cuenta de las consecuencias de la amenaza de Dodman. Ben aprovechó esa oportunidad, logró separar la barbilla de las ramas y gritó:

—¡No!

Todo el mundo se quedó mirándolo.

Durante un momento, el chico sintió como si fuera dos personas en una sola piel. Una era un muchacho asustado, perdido en un mundo que no entendía, amenazado de forma inimaginable por unas criaturas. La otra, un habitante de Eidolon, cuyo derecho natural era caminar por el Mundo Sombra con libertad y sin miedo.

—Suéltame, dríade —dijo al final—. No puedo permitir que te hagan daño solo para salvar el pellejo. Además, no puedo abandonar a mi amigo Zark, cuyo nombre conoce Dodman por mi culpa, porque se aprovechará de él.

—Pero te hará daño —dijo la dríade con dulzura, con tanta dulzura que fue como la caricia de la brisa en las hojas—. Es Dodman, y su compañero es Viejo Escalofriante. Odian las cosas mágicas y hacen todo lo posible por destruir el mundo.

—Aun así —dijo Ben, intentando sonar valiente aunque le flojeaban las rodillas—. Dos cosas malas no hacen una buena. —Era otro de los refranes de su madre—. Gracias, dríade, por intentar salvarme, pero no quiero poner a nadie más en peligro. Por favor, suéltame

—¡Ahhh! —suspiró la dríade.

A continuación, muy lentamente, el árbol soltó a Ben. Las enredaderas y la corteza se separaron de sus piernas, las ramas se despegaron de sus brazos y su pecho. Al final, se quedó plantado en el suelo del bosque. Sin embargo, aunque Ben sentía la mirada amenazadora de Dodman, no pudo resistirse a volverse para ver qué aspecto podía tener la dríade.

Al principio, lo único que vio fue un fresno normal y corriente, un árbol muy parecido al que estaba justo a la entrada del parque Aldstane. Luego cerró el ojo izquierdo y enfocó con el derecho, y de inmediato pudo distinguir una forma en la nudosa corteza del árbol. Como respuesta a su interés, la dríade se movió, y Ben vio la silueta de una grácil mujer de piel morena en el árbol. Tenía los ojos verdes brillantes como jóvenes brotes. Los tenía anegados en lágrimas como rocío. La dríade suspiró.

—Al principio, pensé que eras uno de mis elfos. Sin embargo, incluso mientras te tenía atrapado, sabía que eras algo más. Cuando Dodman dijo que eras medio élfico me di cuenta de mi error —comentó—. Y ahora te he dejado caer en manos de nuestro enemigo. Tu madre jamás me lo perdonará.

Ben frunció el ceño.

—¿Mi madre?

Oyó una risa sibilante a sus espaldas.

—¡Parece que essste no sssabe nada! ¡Qué sssorprendente!

Ben se volvió de golpe. Era la esfinge-gato, como ya había imaginado, que iba y venía entre las piernas de Dodman. Había sentido que alguien los espiaba mientras Zark y él huían de la casa del Terrible Tío Aleister; había sentido que alguien, desde lo alto, clavaba los ojos en él mientras corría por el bosque del Mundo Sombra. El pequeño espía...

Los ojos de la esfinge brillaban de asombro.

—¿Lo vesss? —dijo el gato lampiño a su amo—. No esss másss que un niño esstúpien, pesse a esos ojosss y todosss los problemasss que nosss ha causado.

Dodman compuso una mueca de disgusto.

—Creí que había dicho que lo sabía todo sobre el Mundo Sombra. Que había hablado con ese gato del demonio.

—¿Con Trotamundos? Ese gato esss un idiota. No ha sido capaz de reconocer ni a sssu reina, ni siquiera cuando la vio en la cassa del chico.

—Pero... Trotamundos nunca ha estado en mi casa —replicó Ben con parsimonia, intentando entender todo aquello tan raro. Se volvió de nuevo hacia la dríade—. ¿Quién es mi madre? —preguntó, y se le desbocó el corazón. Al mismo tiempo se preguntaba quién era él.

—Tu madre es la reina Isadora —dijo la dríade—. Hace mucho tiempo, cuando no era más que una niña, estaba bailando en este bosque, entonces era distinto, ¿entiendes?, con claros de luz solar y estanques llenos de ninfas, no era lúgubre ni sombrío como ahora, y ella creó una senda con su danza, un camino entre los mundos. Entonces se dio cuenta de que estaba en otro tipo de bosque, un lugar donde no había magia, al menos no una magia que reconociera como la de Eidolon. Sin embargo, por alguna extraña causa, o por avatares del destino, otra clase de sortilegio se había apoderado de ella, porque se encontró con un habitante de ese otro mundo, y se enamoró...

—¡Oh, qué historia tan bonita! —Lo dijo el viejo, pero el gesto de su rostro no se correspondía con sus palabras, pues en él se reflejaba una mueca de asco—. ¡Mi estúpida hermana! ¡Cómo pudo enamorarse de un zoquete inútil y humano!, ¡Clive Arnold!

Ben se quedó boquiabierto. Clive Arnold era su padre. En ese momento se sentía muy confuso. ¿Cómo iba a ser su madre una reina? ¿Y cómo iba a ser él un elfo o medio elfo? Y en cuanto a eso de crear una senda bailando... En parte se sentía perdido y aturdido, aunque también aceptaba todos esos extraños sucesos, porque gracias a ellos sus dos mitades empezaban a encajar para esclarecer las cosas.

—¡Tendría que haber sido mía! —En ese momento fue Dodman quien habló con amargura. Una luz roja como una llamita parpadeó en sus ojos—. Está consumiéndose en el otro mundo, pero será mía cuando esté tan débil que ya no pueda resistir más.

La dríade miró con desprecio al hombre con cabeza de perro.

—Quizá le robes la magia a Eidolon, quizá la disperses por las sendas y destruyas el delicado equilibro entre los mundos, quizá lleves a Isadora al borde de la muerte con tus crueles artimañas, pero ¡ella jamás te amará!

Dodman la miró con los ojos entrecerrados.

—¿Amor? ¿Quién ha hablado de amor? El amor es para los debiluchos y los tontos. Me la llevaré sin amor y me haré con su magia, y luego seré el Señor de Eidolon.

La dríade rió, aunque no fue una risa divertida.

—Ella es más poderosa de lo que crees, Dodman, y también lo es el amor. El amor y sus frutos acabarán venciéndote. Cuando Isadora dejó nuestro mundo y se enamoró del humano llamado Clive Arnold, se quedó para tener hijos, y con ese acto empezó a hacer realidad una antigua profecía. –Volvió su luminosa mirada verde hacia Ben–. Ben Arnold, príncipe de Eidolon, ten valor. Desearía haberte salvado, pero he fallado. Aunque tu madre pueda perdonarme, no creo que yo sea capaz de perdonarme a mí misma.

Enterró la cara entre las manos y empezó a llorar.

14
El castillo de la Jauría de Gabriel

En ese momento, los trasgos se aproximaron a Ben riéndose de forma socarrona con dos enredaderas en las manos.

—¡Atadle las manos!
—¡Y también los *pieses*!
—¡Se dice pies!
—¡Que no, que se dice *pieses*!
—¡Idiotas! —gritó Dodman—. Si le atáis los pies, ¿cómo va a caminar?

Los trasgos se miraron entre sí.

—¡Idiota!

—¡Majadero!
—¡Cabeza de chorlito!
—¡Cerebro de mosquito!

Ben se quedó mirándolos, apabullado. Tenían la nariz afilada y unos ojos rojos y crueles que brillaban en la penumbra. ¿Acaso se encontraba en el bosque de Darkmere y esos eran los trasgos sobre los que le había advertido Iggy, con quienes era mejor no encontrarse en una noche cerrada? El bosque estaba oscuro de verdad, y Ben deseó con todas sus fuerzas no habérselos encontrado. Se preguntó hasta dónde y con qué rapidez podría correr si intentaban atraparlo. En la escuela siempre había quedado el segundo por detrás de su amigo Adam en los cien metros lisos, pero podía ganarlo si la carrera era de más de doscientos metros. Sin embargo, había corrido esas carreras en terreno plano, a la luz del día y en otro mundo.

—Ni se te ocurra escapar, Ben Arnold —le espetó la criatura que otrora había sido su tío Aleister, pero a quien la dríade había llamado Viejo Escalofriante. Ben pensó que ese era un nombre muy apropiado, con aquella piel amarillenta y la joroba, la enorme cabezota calva y esas horribles uñas y dientes largos—. Los trasgos pueden correr mucho más deprisa que los niños humanos, y son tan rápidos como un elfo. Puesto que tú no eres más que mitad de uno y mitad de otro, no creo que tengas muchas oportunidades de salir bien parado.

—Además —dijo Dodman mientras lanzaba a Ben una mirada aterradora—, si intentas escapar, me aseguraré de que tu amigo, aquí presente, sufra más de lo que podrá soportar. —Y lanzó al dragón una mirada tan malvada que Zark empezó a temblar de miedo.

Poco a poco, Ben levantó las manos para entregarse a los trasgos. No podía hacer otra cosa. Los monstruitos lo ataron con las enredaderas demostrando gran habilidad, como si tuvieran mucha práctica en el sometimiento de prisioneros.

Al parecer, ser un elfo, o incluso un príncipe, en el Mundo Sombra no le otorgaba a uno muchos poderes ni privilegios especiales. Eso en caso de que todo aquello fuera cierto y no solo un cuento. Ben miró al pobre Zark, consciente de la presencia de su tío transformado y de la pareja de trasgos pegados a él.

Quería hablar con el dragón, hacerle preguntas sobre ese País Secreto. Sin embargo, cuando pronunció su nombre con suavidad, el hombre con cabeza de perro se volvió y lo miró, y Zark miró con gesto implorante a Ben e hizo un movimiento de negación casi imperceptible con la cabeza. Parecía que Dodman se hubiera hecho con su alma.

El chico se estremeció, se sentía muy solo; pero también inquieto, tanto por ser prisionero del terrorífico Dodman como por estar en un mundo que no entendía. Pensó que si lograba ver la situación en la que se encontraba como una aventura en lugar de una amenaza, como si fuera el personaje de un libro, dejaría de sentir compasión por sí mismo. Por ello, empezó a analizar todo cuanto le rodeaba intentando entender lo que había en ese mundo tan distinto al suyo.

A primera vista, no había mucho que llamara la atención, el Mundo de Sombra no parecía tan extraño. Sabía ya que, si miraba con el ojo izquierdo, todo se veía un poco desenfocado, como si necesitara gafas, y contempló aquel lugar como si se tratara del mundo que consideraba su hogar. Vio árboles, pájaros, flores y siluetas cambiantes por el efecto de las luces y las sombras que proyectaba el sol al aparecer tras las colinas y ascender cada vez más hacia el cielo.

Sin embargo, cuando contempló el mismo panorama con el ojo derecho estuvo a punto de gritar. Porque en ese momento aquel mundo adquirió un aspecto mucho más peculiar y perturbador. En primer lugar, los seres que había tomado por águilas ratoneras que planeaban entre las nubes ralas eran unos bichos que tenían un aspecto sospechosamente parecido a los pterodáctilos: pájaros de la era de los dinosaurios que creía que se habían extinguido en su mundo hacía miles de millones de años. Los árboles tenían cara, y uno de ellos le guiñó un ojo al pasar, mientras otro agitó sus ramitas en su dirección y soltó un gruñido sordo. Algunas flores eran flores, aunque con extrañas formas y colores, pero otras se alargaban como lenguas y tentáculos, como buscando algo sabroso para comer. Y entre las sombras cambiantes de debajo de los árboles había otra clase de criaturas totalmente distintas.

Vio un grupo de gnomos reunidos en el centro de un círculo de setas venenosas con puntitos blancos. Esos enanos no eran muy parecidos a los benévolos seres de yeso que algunas personas de Bixbury tenían en los jardines traseros de sus casas, con sus alegres gorros de cascabel, sus pantaloncitos de colores chillones y sus cañas de pescar. No, esos gnomos no llevaban ropa normal, sino camisas tejidas con briznas de hierba, y tenían los ojos negros y brillantes como antracita. Ben se fijó en eso mientras los gnomos observaban cómo pasaba.

En realidad, desde lo alto de las ramas y lo profundo de las madrigueras había muchos ojos contemplando el paso de la extraña comitiva: un chico élfico arrastrado por dos trasgos de

Darkmere, seguidos por Dodman, un dragón, y Viejo Escalofriante. Al ver al hombre con cabeza de perro, muchos de los que estaban mirando corrieron a ponerse a salvo y a observar desde la distancia, o salieron volando si podían. Desde hacía unos meses se habían acostumbrado a ver cómo se llevaban a algunas criaturas del Mundo Sombra que jamás volvían a ver. Solo uno de ellos, un ser alto que tenía la cornamenta de un gran ciervo, se quedó observando con actitud desafiante y no ocultó su rostro.

Ben se quedó mirándolo, y un breve temblor recorrió su columna, como si el recuerdo hubiera hecho que se le removiera algo dentro, algo que tenía tan adentro que era incapaz de rememorar. ¿No había visto a esa criatura en otro lugar? Estaba a punto de preguntar a Zark quién podría ser el hombre de la cornamenta cuando el personaje salió de entre los árboles y quedó bañado por la luz del sol que lo moteaba todo. Ben vio que solo iba cubierto con hojas de roble y tenía la piel revestida de una pátina verde.

—¡Este es mi bosque! —gritó, dirigiéndose enérgicamente al hombre con la cabeza de perro—. No me has pedido permiso para atravesarlo, Dodman. Y todos vosotros sabéis que no sois bienvenidos en mi territorio, ni solos ni en compañía de otros. He oído decir que habéis estado secuestrando a criaturas de Eidolon para sacarlas de nuestro mundo. ¿Es eso cierto?

Hizo una pausa como esperando una respuesta a sus acusaciones, pero el hombre con cabeza de perro apartó la mirada.

—Y sé que debe ser así —prosiguió el ser con la cornamenta—, porque he notado un cambio en el equilibrio de la naturaleza. Y he visto los efectos de esos secuestros. —Separó mucho los brazos—. Mi bosque no es tan bonito como antes y mis criaturas están asustadas. Se refugian temerosas cuando ven a un extraño y antes caminaban libremente y sin miedo, como tienen derecho a hacer todos los habitantes de Eidolon. Yo me ocupo de todo en la medida de mis posibilidades, pero han desaparecido dos de mis unicornios y bastantes duendecillos. Los trasgos siempre han tenido una ley propia, pero me duele ver que dos de ellos son tus esclavos. He oído que en el mundo más vasto las cosas están mucho peor, y que la Señora no ha regresado para poner freno a todo este desastre. ¿Qué has hecho con ella, Dodman?

El hombre con cabeza de perro sonrió, y le brillaron los dientes a la luz del sol.

—¿Yo? Yo no la tengo —respondió, como indignado—. No me eches la culpa de que ella no esté aquí, Hombre Astado.

El Hombre Astado se quedó mirando con intensidad a Dodman hasta que este apartó la mirada. Ben sintió la rabia del señor Dodds hirviéndole la sangre como el calor de un radiador. Y también sintió otra cosa. ¿Sería miedo?

En ese momento, el hombre de piel verde volcó su atención en la criatura que en otro mundo había sido el tío de Ben.

—¿Y tú, Viejo Escalofriante? —lo desafió—. Tú eres su hermano. Tú tienes que saber dónde está nuestra reina y por qué no ha vuelto con nosotros.

Sin embargo, el horrible viejo se limitó a mostrar con una sonrisa sus asquerosos y babosos dientecillos al Hombre Astado.

—Isadora ha decidido irse. ¡Y no regresará jamás! —gritó en tono triunfal.

—¡No!

Ben se sorprendió a sí mismo con ese estallido. Todo el mundo se quedó mirándolo. Iba a contarle al Hombre Astado que él era hijo de Isadora cuando Dodman dio un paso hacia él y lo abrazó, envolviéndolo en calor y fetidez, para acallar sus palabras.

—¡Ja! No hagas caso al mocoso —dijo con ferocidad—. Es una criatura simplona y de mentalidad débil. Dice unas tonterías... Nunca se sabe con qué va a salir a continuación.

—¿Adónde te llevas al chico y por qué lo has atado? —exigió saber el hombre de la cornamenta.

En ese momento, Dodman perdió la paciencia. Soltó un gruñido grave.

—Vuelve con tu pueblo, Hombre Astado, y no intentes desafiarme. El chico es un ladrón y debe ser castigado; no tiene nada que ver contigo.

El hombre verde entrecerró los ojos.

—Yo creo que se parece a la Señora.

Sin embargo, Dodman no dijo más y, mientras forcejeaba con Ben para que avanzara, se alejó a toda prisa.

Ben sintió la mirada del Hombre Astado clavada en la nuca al alejarse de él. Durante un breve instante, pensó en zafarse del hombre con cabeza de perro y correr junto al hombre verde; pero se acordó de que Dodman tenía prisionero a Zark, y de que seguramente lo obligaría a quemar el bosque para recuperarlo. Así que, con un montón de pensamientos confusos dando vueltas en su cabeza, avanzó a trompicones, y se alejó de unos de los aliados que tenía en aquel mundo.

Caminaron por el bosque durante horas. Cuando por fin llegaron a campo abierto, Ben exhaló un suspiro ahogado.

El bosque daba paso a onduladas colinas verdes, que a su vez se tornaban praderas de brumoso violeta. En la distancia se elevaba una línea de majestuosas montañas que alcanzaban las nubes. Era el lugar más hermoso que Ben había visto jamás. Los colores eran más intensos que en su mundo y los trinos de los pájaros se oían más alto.

Vio un par de alondras en el cielo azul que, mientras bailaban y caían en picado antes de remontar el vuelo de nuevo, entonaban con sus gorjeos una hermosa y aguda canción. Sin embargo, cuando Ben cerró el ojo izquierdo para enfocarlas mejor, se dio cuenta de que no eran alondras, sino una especie de hadas o duendecillos. Sonrió al ver que se perseguían entre sí, zigzagueando como vencejos. Era agradable ver que alguien estaba pasándolo bien en Eidolon.

Sonrió y dirigió la mirada hacia Zark, pero el dragón tenía la cabeza gacha y una clara expresión de melancolía.

Los duendecillos volaban cada vez más y más cerca. Con un repentino salto giratorio de tres metros o más, el hombre con cabeza de perro agarró a una de las diminutas criaturas y la retuvo mientras su presa se estremecía, daba patadas con las piernecitas y agitaba las alas con impotencia, apresada entre sus garras. Durante un instante, Dodman se quedó mirando sin interés a la criatura, luego levantó la vista, puso cara de desprecio y, sin apartar la vista ni un momento de Ben, aplastó al duendecillo con el puño y lo dejó caer al suelo. El pequeño ser quedó inmóvil, con sus adorables alas aplastadas y rotas.

Ben estaba horrorizado. Cayó de rodillas junto al duendecillo y lo levantó con ambas manos. Sin embargo, la criatura tenía los ojos cerrados y no respiraba. El chico miró a Dodman con los ojos anegados en lágrimas.

—¡Lo has aplastado! —gritó.

El hombre con cabeza de perro tan solo amplió su sonrisa.

—No ha sido una gran pérdida —dijo—. Se venden muy poco en tu mundo, y mueren muy deprisa.

Ben se quedó mirando a la criatura muerta, y recordó el momento en que sujetó a Palillo. Por encima de él, el segundo duendecillo revoloteaba lo más cerca que se atrevía, y sus movimientos eran espasmódicos por la impresión y la inquietud. Al final, reunió valor y se lanzó a toda velocidad hacia abajo para recuperar el cuerpo de su compañero muerto. Agitó las alas con enorme esfuerzo y consiguió agarrar al duendecillo muerto de las manos de Ben y levantarlo en el aire. El chico se quedó mirando a las diminutas figuras mientras se alejaban volando por el cielo azul intenso. A continuación, se levantó y se enjugó con la muñeca las lágrimas que no podía permitir que Dodman viera. Mientras seguían caminando, iba mirando con desprecio la ancha espalda negra del hombre con cabeza de perro.

—Bueno, otra criatura del País Secreto ha fallecido y la suma total de la magia ha disminuido —dijo Zark en voz baja—. Así es como se vendrá abajo este lugar, Ben, con esa crueldad despreocupada. Y si un príncipe y un dragón no pueden evitar el asesinato de un pequeño duendecillo, ¿cómo podrá salvarse Eidolon?

Estaba a punto de seguir hablando, cuando Dodman se volvió y le dio un fuerte puntapié en una pata.

—Deja de refunfuñar, dragón —le espetó con brusquedad—. Tu hermoso hogar puede soportar unas cuantas bajas más.

Siguieron adelante y Ben sentía más pesar en su corazón a cada paso, porque, aunque el paisaje del País Secreto siguiera maravillándolo con su belleza, sentía que todo tenía buen aspecto solo cuando lo miraba con ambos ojos abiertos. Cuando utilizaba solo el ojo derecho, parecía que, mirase donde mirase, algo no encajaba, aunque fuera casi imperceptible. La hierba sobre la que caminaban estaba bastante marchita, las briznas de hierba tenían las puntas marrones y secas. El moho había cubierto las hojas de algunos arbustos, algunas flores de los escaramujos silvestres estaban pudriéndose por el tallo. Lo insectos zumbaban con indolencia, un olor acre emergía del agua estancada y los hongos que crecían en la sombra no eran las bonitas hileras de setas que su madre le había mostrado en el bosque junto a su casa. Tampoco se trataba de los blancos y frescos champiñones como bolas de nieve que solían recoger en el campo, sino de un montón de hongos venenosos de colores chillones cubiertos de cieno, llenos de bultos y manchas que parecían venenosos.

Avanzaron durante un rato junto a un arroyo en el que el agua era tan clara que Ben veía las piedras y los guijarros del fondo. Aunque también veía los peces muertos que pasaban arrastrados por la corriente, con sus vientres blancos vueltos hacia el sol. En un cultivo cerca del estanque, había una criatura parecida a una niña con joroba, que se peinaba las trenzas con unos alargados dedos blancos.

Volvió la cabeza hacia ellos cuando pasaron, y Ben vio que no era una niña, sino una vieja bruja, y que tenía los ojos blancos, como los de una trucha cuando la cocinas. A medida que se acercaban, ella bajó deslizándose de la piedra y se zambulló en el estanque, y Ben creyó, por un momento, que tenía cola de pez en lugar de piernas, pero antes de poder verla más de cerca, la criatura se había esfumado entre la corriente de agua y las algas.

Al final, llegaron a la orilla de un gran lago. En ese momento, las nubes se habían echado sobre el cielo como cortinas e impedían el paso de la luz. La superficie del agua era oscura y lisa, y en cierto modo parecía barnizada, como una vieja bandeja de peltre que había en la cocina de la casa de Ben que había pertenecido a su abuela paterna.

En la otra orilla del lago había algo parecido a un castillo de enormes piedras blancas, con desafiantes banderines ondeando al viento como si fueran sus cuatro torres. A Ben le gustaban los castillos, tenía un montón de libros que hablaban de ellos, y había visitado algunos con su padre: el castillo de Warwick y el castillo Carew, la Torre Blanca de Londres, las ruinas del Restormel en Cornualles, Carnarvon, Harlech y Stirling. Aquel no se parecía a ninguno de los castillos que había visto, aunque al mismo tiempo, se parecía a todos a la vez. Estaba como borroso, como si se moviera entre dos mundos.

Ben cerró el ojo izquierdo y se detuvo.

Con el ojo derecho —el que ya consideraba su ojo de Eidolon—, el castillo no parecía en absoluto un lugar bonito. Era compacto y sombrío, negro, con líquenes y manchas en sus muros, y los banderines que le habían parecido torres no eran más que nubes ralas. Se estremeció, parecía un lugar oscuro y prohibido.

Cuando llegaron a la orilla, Dodman echó la cabeza hacia atrás y aulló, fue un sonido lastimero que barrió el lago como la llamada de una manada de lobos. Pasados unos segundos, el grito se elevó hasta más allá de las murallas del castillo y empezaron a formarse espirales de nubes en el cielo.

Zark se detuvo en seco y le temblaron las patas.

—¿Qué ocurre? —preguntó Ben en un susurro, pero el dragón no dijo ni una palabra.

El chico echó una cautelosa mirada con su ojo de Eidolon. Allí, en el aire que pendía sobre los muros del castillo, algo estaba tomando forma. Miró de soslayo e intentó adivinar de qué se trataba, pero la imagen era tan extraña que no tenía sentido. Durante un instante fue como si un grupo de perros fantasmales hubieran tomado de un salto las almenas y, arrastrando una especie de carro, estuvieran surcando los cielos entre el castillo y la orilla del lago en medio de una explosión de luz.

A medida que la aparición se aproximaba, Ben se dio cuenta de que eso era exactamente lo que ocurría. Vio cómo se acercaban, lleno de miedo y fascinación.

—Perros espectrales —dijo en voz baja.

Dodman rió.

—¡Mocoso ignorante! Es la Jauría de Gabriel, los perros salvajes de los cazadores furtivos, y solo responden a mi llamada. Soy el primero de toda la historia que les ha puesto los arreos. Soy el amo.

Sin embargo, a Ben no le parecía que a los perros espectrales les gustara mucho su amo, porque habían llegado gruñendo y con mirada feroz, y cuando Dodman subió al carromato, se les erizó el pelo del lomo y escondieron el rabo entre sus patas temblorosas.

Cuando a Zark le tocó subir a aquel extraño vehículo, retrocedió, y las fosas nasales se le abrieron de disgusto.

—¿No me vas a liberar ahora? —preguntó con desconsuelo.

—¡Ah, no! —respondió el hombre con cabeza de perro—. Sabes demasiado. Creo que debes acompañarnos.

—Si tengo que ir con vosotros, déjame volar —imploró el dragón.

Dodman se quedó mirándolo fijamente.

—Si intentas escapar, te arrepentirás. Como ya sabes, puedo obligarte a hacer lo que quiera. Aterriza en el patio y espéranos allí. —Esperó a que el dragón alzara el vuelo ante de añadir en voz baja y con una desagradable sonrisa—: Y luego, mis fieles canes, ¡os premiaré con un poco de picadillo de dragón!

—¡No puedes hacer eso! —gritó Ben, horrorizado.

—Pero los perros tienen que comer, mocosete. —Dodman enseñó a Ben su desagradable dentadura—. Todos tenemos que comer.

El chico contempló la silueta del dragón en la distancia, que sobrevoló en círculos el castillo y descendió con un frenesí de aleteos. Tenía que haber algo que él pudiera hacer para salvar a Zark. Mientras la Jauría de Gabriel arrastraba el carro a través del gélido aire que pendía sobre el lago, Ben solo podía pensar en su amigo, al que habían tratado tan mal en los dos mundos. La injusticia de esa situación le anegó los ojos de lágrimas y pestañeó con rabia para enjugarlas. No podía permitir que esas terribles criaturas lo vieran llorar.

Así que, en cuanto los perros empezaron a descender hacia el patio del castillo y Ben estuvo lo bastante cerca del dragón para que este lo oyera, se levantó y gritó con todas sus fuerzas:

—¡Xarkanadûshak! ¡Sálvate! ¡Vete volando a casa!

El dragón lo miró perplejo con sus ojos violetas de torbellino, y, durante un instante, Ben creyó que utilizar el verdadero nombre de Zark ya no servía para nada. Pero inmediatamente después, tras huir de las mandíbulas de los perros que se abrían y se cerraban, Zark cobró impulso con las patas traseras y saltó hacia el cielo, aleteando con toda la fuerza de la que fue capaz.

Dodman se quedó mirando al dragón con los ojos entrecerrados.

—Como solo puedo darle tres órdenes a esa bestia, será mejor que lo deje marchar por ahora, es un don que no puedo malgastar.

Con una dolorosa punzada de arrepentimiento, Ben se dio cuenta de que había utilizado todas las oportunidades de invocar el verdadero nombre del dragón: primero, para hacer que Zark aterrizara en el parque Aldstane; en segundo lugar, cuando lo impelió a entrar en el sendero; y al final, para liberarlo. En ese momento, estaba solo en aquel horrible lugar. En el sentido literal de la expresión, estaba sin amigos en aquel mundo desconocido.

15

La Habitación Rosa

Mientras avanzaban por el castillo junto a los trasgos, Ben iba mirando a su alrededor, primero con un ojo cerrado y luego con el otro. Las puntiagudas garras de sus captores se clavaban en sus brazos cada vez que se detenía para espiar por una puerta abierta, pero, de todas formas, logró contemplar la grandiosidad decadente de una época pasada. Hermosos bordados, espléndidas alfombras y fabulosos tapices llamaron su atención, aunque con su ojo de Eidolon veía que estaban plagados de telas de araña, que apestaban a moho y estaban cubiertos de polvo. Muchas habitaciones estaban a oscuras, con las cortinas echadas aunque fuera de día. Había otras que estaban cerradas con llave. Un silencio ensordecedor reinaba en el lugar.

—¿Dónde lo ponemos? —preguntó Dodman al viejo jorobado que había sido el Terrible Tío Aleister.

Viejo Escalofriante soltó una risita.

—¿Por qué no en la Habitación Rosa? —sugirió—. Era la de su madre.

—Perfecto. —El hombre con cabeza de perro esbozó una terrible sonrisa.

Subieron otro tramo de escalones de piedra y el viejo sacó, como de la nada, un montón de llaves oxidadas y abrió la puerta al final de la escalera. Los trasgos apartaron a Ben a un lado.

Los ojos de Dodman centellearon.

—¡Sabe el Diablo qué deberíamos darte de comer, chico! Aunque me atrevería a decir que podrás encontrar un par de cucarachas gigantes y uno o dos basiliscos. —Y, tras empujar a Ben al interior, cerró la puerta con tanta fuerza que los goznes rechinaron quejumbrosamente.

Ben oyó girar la llave en la cerradura y los pasos de sus captores retumbar mientras se alejaban por el pasillo. Entonces se puso a explorar su celda.

Teniendo en cuenta cómo eran las prisiones, esa estaba bastante bien. Había una enorme cama de columnas con un pesado dosel y librerías atestadas de libros. Las vitrinas estaban llenas no solo de ropa antigua, sino también de interesantes y peculiares objetos, como plumas, piedras y trozos de madera encontrados junto al mar, cosas que su madre adoraba coleccionar en el mundo de los humanos. Y las angostas ventanas ojivales y de piedra daban al lago.

Sin embargo, parecía un lugar triste, más vacío de cuanto debería estarlo una habitación vacía, como si estuviera llorando la ausencia de un anterior ocupante. Ben decidió que daba sensación de soledad. ¡Y cuánta razón tenía!, porque nadie en todo el mundo visitaba ya el castillo, solo Dodman y sus ayudantes.

¡Qué desperdicio!, pensó el chico mientras miraba por la ventana. Si cerraba ambos ojos, podía imaginar el castillo en una época más esplendorosa, cuando su madre había vivido allí, cuando debía de estar lleno de vida: las risas retumbarían por sus pasillos, la princesa Isadora y sus amigos jugando en la escalera, y sus habitantes —toda clase de criaturas maravillosas— nadarían en el lago. En el patio, que en ese momento parecía la zona de la Jauría de Gabriel, pues estaba plagado de huesos, debía de haber árboles frutales de donde coger manzanas y peras, fuentes para chapotear y un montón de estanques con peces de colores de toda clase… menos peces luchadores mongoles.

En cierto sentido, el castillo también se había convertido en un fantasma.

Cuando Iggy le había descrito el País Secreto a Ben, el chico lo había imaginado como una tierra atiborrada de maravillas, más o menos como se había imaginado en otro tiempo la Gran Pajarería del señor Dodds. Sin embargo, se dio cuenta de que había sido un ingenuo. Al igual que, tras mirar la pajarería con detenimiento, había descubierto que se trataba de una tapadera chapucera del malvado negocio del señor Dodds con criaturas que no eran suyas y que no tenía derecho a trasladar de un mundo a otro; Eidolon ya no parecía el glorioso refugio de magia que Ben había imaginado.

El descuido y la codicia lo habían hecho entrar en decadencia.

El chico pensó en las criaturas del Mundo Sombra que había conocido: Trotamundos, el duendecillo del bosque, la *selkie* y el dragón. A excepción de Iggy, que al parecer podía adaptarse a cualquier mundo al que llegara, los demás habían enfermado al dejar Eidolon, y su estado se había agravado cuanto más tiempo pasaba desde su partida.

De forma simultánea, el País Secreto también estaba sufriendo. Pensó en el prado y en las setas, en la hierba seca y el bosque sombrío. Pensó en los peces que flotaban panza arriba en el arroyo, y en la vieja sirena con los ojos blancos, en las criaturas que habían huido o se habían ocultado cuando ellos se acercaron, en las lágrimas de la dríade y en lo que ella había dicho.

Pensó que el problema podía ser que Eidolon había tenido una reina y que ella se había marchado. Su ausencia permitía a Dodman hacer lo que se le antojaba, porque, al parecer, no había nadie que lo detuviera; ni siquiera el Hombre Astado, que parecía tan regio e imponente y por cuyo reino del bosque habían pasado. Su ausencia había permitido que el Terrible Tío Aleister vendiera al pobre Zark como incinerador de jardín y sacara toneladas de dinero con la venta de criaturas del Mundo Sombra, dejando Eidolon sin magia.

Recordó lo que Zark había dicho sobre la muerte del duendecillo: «Bueno, otra criatura del País Secreto ha fallecido y la suma total de la magia ha disminuido. Así es como se vendrá abajo este lugar, Ben, con esa crueldad despreocupada. Y si un príncipe y un dragón no pueden evitar el asesinato de un pequeño duendecillo, ¿cómo podrá salvarse Eidolon?».

Ahora sabía hasta qué punto era cierto.

Se alejó de la ventana y se sentó en la cama, la cama de su madre. Al sentarse, levantó una nube de polvo que lo envolvió y lo hizo toser. Cuando la polvareda se disipó, le pareció detectar el olor de su madre, muy débilmente, en la atmósfera de la habitación: un delicado aroma, como a pétalos de rosa. Ahora, la pérdida de su madre, de su familia y de su mundo le pareció sobrecogedora.

Ten valor, Ben.

Al imaginar a su madre de niña en esa habitación, el peso de su ausencia hizo que algo encajara en la mente del chico, como la última pieza de un rompecabezas. De pronto se dio cuenta de que todo lo que había dicho la dríade tenía que ser verdad. Su madre sí era la reina del País Secreto, y esa era la razón por la que se sentía cada vez más enferma en el otro mundo. Cuanto más permaneciera lejos de su lugar de nacimiento y de la magia que le daba la vida, peor se pondría. Y además, peor lo pasarían Eidolon y sus habitantes.

Sin embargo, de ser así, la culpa era de Ben. De Ben, de Ellie, de Alice y de su padre. De no haber sido por ellos, su madre estaría en Eidolon y todo iría bien.

Ben se acostó hecho un ovillo en la mohosa y vieja cama, y se rodeó con los brazos, lleno de tristeza. Era el único que sabía la verdad y podía pasar entre los dos mundos, sin contar al señor Dodds, ni al Terrible Tío Aleister, ni a los trasgos. Y ahí estaba, encerrado en un castillo en medio de un lago, y no había nada que pudiera hacer para salvar a su madre, ni a Eidolon, ni a sus habitantes.

La autocompasión lo sobrecogía; en el exterior, la noche llegaba.

«No se puede hacer nada… Nadie puede pasar entre los mundos…»

Ben se enderezó de golpe.

—¡Idiota! —gritó. Soltó una risa y se levantó de un salto. Se puso a bailar dando vueltas por la habitación. Dio una voltereta lateral y no paraba de sonreír.

Sí que había algo que podía hacer. Había alguien que podía realizar ese viaje.

Luego se le pasó la alegría. Era demasiado peligroso…

Sin embargo, no había otra alternativa, así que avanzó hasta la ventana, se asomó al exterior y gritó a la oscuridad de la noche:

—¡Ignatius Sorvo Coromandel! ¡Estés donde estés, ven a mí ahora mismo!

16
Ignatius Sorvo Coromandel

Ben esperó. Se quedó mirando por la ventana hacia el lago que estaba cada vez más oscuro, y esperó. Se sentó en la cama y dejó colgando los pies, y esperó. Paseó por la habitación, iba abriendo y cerrando las puertas de los armarios con desgana, y esperó.

No había rastro de Iggy.

Entonces se lamentó de haber sido tan estúpido. Aunque Ignatius Sorvo Coromandel hubiera oído su llamada, ¿cómo iba a encontrarlo? Y aunque lo hubiera encontrado, ¿cómo iba a cruzar el lago? Sobre todo tratándose de un gato como Trotamundos, porque Ben sabía, en el fondo de su corazón, que el gatito en cuestión era un explorador bastante torpe. En ese momento, Iggy podía estar en cualquier parte: podía haberse equivocado de sendero y haber acabado en la antigua China; podía estar poniéndole los pelos de punta al emperador Napoleón en la víspera de la batalla de Waterloo; podía estar atrapado en la cima del monte embrujado de Ayres, en pleno desierto australiano.

O puede que estuviera pensando llegar hasta él contra su voluntad para enfrentarse a la Jauría de Gabriel.

Ben se tapó la cara con las manos.

Se oyeron unos pasos en la escalera.

El chico miró hacia la puerta, como si por fuerza de voluntad pudiera tener visión de rayos X para averiguar quién estaba al otro lado. A continuación, se dio cuenta de que alguien estaba metiendo una llave en la cerradura, y la puerta empezó a abrirse con un chirrido.

Eran Viejo Escalofriante y los trasgos. Uno de los monstruos llevaba una bandeja, el otro una jarra y una vela encendida. A Ben le rugió el estómago, pero cuando echó un vistazo al contenido de la bandeja, se dio cuenta de que Dodman no había hablado en broma.

–¡Cómetelo todo, amiguito! Estas cucarachas malayas son muy nutritivas. Un poco durillas, pero estoy seguro de que te acostumbrarás. –Viejo Escalofriante se rió a mandíbula batiente–. Tendrás que acostumbrarte: es lo único que hay en este vertedero. Yo me iré a casa a comerme un buen filete con patatas. Pero no te preocupes, Trosgo y Tresgo se quedarán cuidándote, para que no te escapes ni hagas ninguna tontería por el estilo.

Ben se quedó mirando al viejo arrugado que en el otro mundo había sido su terrible tío, con sus inexpresivos ojos de color negro y sus largos dientes, su barbilla llena de pelos y su ganchuda y afilada nariz. Era difícil ver algún parecido familiar, pero incluso así, Ben no pudo evitar decir:

—Pero, si eres hermano de ella, ¿cómo puedes permitir que la dejen morir?

Viejo Escalofriante resolló mientras reía.

—¿Todavía no lo has adivinado, Benny? —Miró hacia atrás por si había alguien escuchando, luego se inclinó sobre Ben y bajó la voz—. Cuando Isadora esté muerta, yo traeré aquí a mi Cynthia para que ocupe el lugar que le corresponde como reina de Eidolon.

¿La Terrible Prima Cynthia, reina de Eidolon? No quedaría esperanza para nadie en ese mundo si eso llegaba a ocurrir.

Al ver la expresión de espanto en la cara del chico, el viejo se frotó las manos con regocijo y soltó esa espantosa y estruendosa carcajada que tanto odiaba su sobrino.

En ese momento, el viejo se dirigió a sus secuaces.

—Os quiero abajo en menos que una salamandra sacude el rabo —ordenó con el mismo tono ceremonioso que utilizaba con Ben y Ellie cuando les ordenaba alguna desagradable tarea del hogar—. Tenemos que ir a cazar un sustituto para el incinerador de jardín de lady Hawley-Fawley. Dadle al chico su comida y aseguraos de que se la come, y luego reuníos conmigo en el patio.

Entonces se volvió sobre sus talones y salió de la habitación dando un portazo.

Los trasgos miraron de manera maliciosa a Ben con sus ojillos brillantes. Pusieron el plato y el tazón sobre el cofre que estaba a los pies de la cama y se quedaron mirándolos con bastante glotonería.

—¿Qué hay en su interior? —preguntó Ben señalando la jarra.

Los trasgos se miraron entre sí.

—Díselo tú, Tresgo —dijo el que estaba a la derecha.

—No, díselo tú, Trosgo.

—¡No, tú!

—¡No, que se lo digas tú!

—¡No, tú!

—Está bien —respondió Trosgo al final—. Sangre de rata, sabrosa sangre de roedor.

A Ben se le revolvió el estómago.

—Os la podéis beber si queréis —dijo con una amabilidad fingida.

Los trasgos se relamieron con sus babosas lenguas negras.

—¡No podemos hacerlo!

—Sí que podéis.

—No, no podemos. Dodman nos despellejaría.

—No se lo contaré —dijo Ben.

—Sí que se lo contarás.

—No se lo contaré.

Todo aquello estaba empezando a aburrirlo. En cierto sentido, Ben tenía la sensación de haber llegado al escenario de una comedia de segunda categoría. Solo faltaba que alguien gritara: «¡Está detrás de ti!», y la escena quedaría completa.

Cuando Trosgo se acercó a la jarra, a Tresgo se le pusieron los ojos como platos.

—¡Está detrás de ti! —chilló.

Trosgo alejó la zarpa de la jarra como si se hubiera quemado.

Dodman estaba en la puerta.

—¿Contarme qué?

—Nada —dijo Trosgo.

—Nada —dijo Tresgo.

Miraron a Ben con recelo.

—Contarte que mi madre te castigará por lo que les has hecho a sus criaturas —mintió Ben.

Los trasgos intercambiaron miradas de terror y escaparon antes de que el hombre con cabeza de perro perdiera los nervios.

Dodman se encogió de hombros.

—No creo que ella tenga la fuerza suficiente para castigarme por nada —replicó con crueldad. Luego sonrió—. Te he traído compañía —anunció.

Introdujo la mano por debajo de su largo abrigo negro y sacó una criatura empapada de agua que intentaba zafarse de él. Durante un instante, Ben no supo muy bien qué veían sus ojos, pero luego se dio cuenta de que era un gato.

—¡Oh, Iggy! —exclamó con tristeza.

El gato se libró de Dodman y salió huyendo, con el pelo pegado al cuerpo como el de una rata, se metió bajo la cama y allí se quedó temblando. Solo se veían un par de ojos en la oscuridad.

Dodman rió.

—Trotamundos y el príncipe de Eidolon. ¡Vaya par de héroes! Si esta es la suma de las fuerzas que se oponen a mí, tengo poco que temer. Otra remesa de criaturas de Eidolon enviada al otro mundo acabará con tu madre de una vez por todas. ¡Por fin me haré con su trono!

Ben empezó a cavilar a toda prisa. Tenía que haber algo que... De pronto, recordó lo que Viejo Escalofriante había dicho sobre su terrible prima. Tal vez era hora de sembrar algo de discordia entre Dodman y su secuaz.

—Pero si el tío Aleister ha dicho que Cynthia sería la reina... —comentó y contempló con satisfacción que Dodman sacudía la cabeza como poniéndose en guardia, con los ojos encendidos como la llama de una vela.

—¿Eso ha dicho? ¿De verdad ha dicho eso? ¡Qué interesante!

Sin añadir más, se volvió y se marchó. Ben oyó la llave girar en la cerradura, luego se hizo el silencio.

Ignatius Sorvo Coromandel salió de su refugio, con aspecto de ardilla empapada. Iba encharcando el suelo de agua a su paso. Empezó a lamerse para secarse con una vitalidad sorprendente.

—Siento haberte traído hasta aquí, Iggy.

—Es lo mínimo que puedes hacer. Estaba pasándolo de maravilla, disfrutando de una puesta de sol en el mar del Oeste con una gatita preciosa de seis dedos a la que me había costado tres días de duro trabajo acercarme. Entonces tu llamada llegó alta y clara a mis oídos, y tuve que salir corriendo al sendero más cercano sin tiempo ni para despedirme. —Le lanzó a Ben una mirada muy seria—. Si no me habla cuando vuelva, será culpa tuya. Y, por si fuera poco, he tenido que cruzar a nado el lago y enfrentarme a un montón de chillonas criaturas voladoras. En cuanto a los perros espectrales, te diré que tienen unos dientes bastante afilados. —Se volvió para que Ben pudiera verle el rabo, la punta estaba pelada—. Si no llega a ser por esto último, me habría librado de Dodman, pero el ruido que armaron lo puso en guardia...

—No sabía que los gatos supieran nadar.

Iggy lo miró con los ojos entrecerrados.

—Solo los gatos turcos del río Van y los tigres, que lo hacen porque quieren —dijo—. El agua está fría y húmeda, y estropea el pelaje. Pero imagino que soy incluso mejor nadador que tú, Ben Arnold.

El chico sonrió.

—Eso no es muy difícil, soy un verdadero tocho para la natación.

Iggy se sacudió con una vitalidad repentina.

—Pues entonces, vale. Será mejor que hagamos que esto valga la pena y que salvemos el mundo, ¿no crees? —Se quedó mirando la cena que habían servido los trasgos con mirada codiciosa—. ¿Eso es tuyo? —preguntó con toda la indiferencia que fue capaz de expresar.

Ben miró primero a Iggy y luego el plato de cucarachas, y volvió a mirar al gato. La expresión de su cara habló por sí sola.

—Es todo tuyo —respondió el chico, y tuvo que apartar la mirada mientras Iggy daba buena cuenta del contenido, masticando los crujientes bichos a dos carrillos.

—¿Lo has entendido? ¿Sabes qué vas a decir?

—¿Quién iba a escuchar a un gato parlante?

—Yo lo hice.

Ignatius Sorvo Coromandel pestañeó.

—Es verdad.

—Eres la única esperanza que tenemos para salvar Eidolon y a mi madre. Tú asegúrate de que el Terrible Tío Aleister, la tía Sybil, la Terrible Prima Cynthia y su horrible gato calvo no se enteran de nada.

—¿Has dicho un gato calvo?

Entonces Ben recordó una cosa.

—Bueno, dijo que era una esfinge, y sin duda trabaja para Dodman. Al parecer te conocía...

—Así es. —A Iggy le brillaron los ojos como el topacio—. Tengo unas cuentas pendientes con él.

Sin embargo, aunque Ben esperaba que le contara una historia, el gato no se mostró dispuesto a complacerlo.

—Bueno, será mejor que nos marchemos —sentenció Ignatius Sorvo Coromandel, y se dio una última sacudida, aunque Ben no entendía por qué se molestaba en hacerlo, pues iba a tener que mojarse otra vez.

—Ten cuidado, ¿vale, Iggy? No te ahogues ni... nada.

El gatito le enseñó los dientes.

—Eso no entra dentro de mis planes.

Ben echó un vistazo a la habitación: a la puerta cerrada, a las sombras que bailaban alrededor de la vela, a la oscuridad de la noche al otro lado de las ventanas.

—Pero ¿cómo vas a salir de aquí?

Como respuesta, Iggy saltó con elegancia al alféizar más cercano y lanzó un maullido desgarrador y extraño a la oscuridad.

Durante un rato no se oyó nada. Ben contuvo la respiración y el gato se quedó sentado en el alféizar mirando la noche, como si fuera una estatua de piedra.

Entonces se vio un destello de color naranja claro en el aire y se reflejó en las quietas aguas del lago. Ben corrió hacia la ventana y miró hacia fuera, y estuvo a punto de tirar a Iggy de la emoción.

Una especie de nube de luciérnagas se abría paso hasta el lago; la luz de la luna hacía refulgir un torbellino de alas traslúcidas, cabezas y antenas plateadas.

Al final, una de las criaturas se separó del grupo y se acercó revoloteando a la habitación, donde la luz de la vela convirtió en una bruma dorada sus alitas en movimiento.

—Hola, Ben... Hola, Iggy —dijo alguien con una voz familiar y ronca. La carita de la criatura estaba dividida por una sonrisa amplia y llena de afilados dientecillos.

—¡Palillo! —gritó Ben con alegría.

—Y mira, ha traído a toda su familia —comentó Iggy con orgullo. Se miró el vientre abultado, lleno de las cucarachas malayas que había masticado, luego volvió a mirar a los duendecillos del bosque que se aproximaban—. Espero que sean suficientes —añadió con nerviosismo.

Los duendecillos del bosque entraron disparados por la ventana, uno a uno, hasta que toda la Habitación Rosa refulgió con su presencia. Entre todos llevaban una maraña de enredaderas.

—Hemos pensado... tú podrías hacer... cesta —dijo Palillo, esperanzado—. Poner a Trotamundos dentro... así llevar su peso entre todos... —Miró al gato con gesto dubitativo—. Aunque parece... más grande que yo recordaba. —Sacudió la cabeza con pesar—. Yo no bien entonces.

Ben se quedó mirando las enredaderas. Tejer cestas nunca había sido su punto fuerte. Ni su punto débil. De hecho, no tenía ni la menor idea de cómo emprender una tarea así. Con todo, el destino de Trotamundos dependía de ello. El chico agarró las enredaderas de manos de los duendecillos y se sentó en la cama con ellas.

Pasó media hora, y lo único que obtuvo Ben tras mucho esfuerzo fue un montón de trocitos de hojas y enredaderas rotas, y un embrollo mucho mayor que al principio. Hizo una mueca de disgusto.

—Esto... esto no va bien, Iggy.

El gato le dedicó una severa mirada de reprimenda.

—Hace tiempo que me he dado cuenta. —Se paseó por la habitación, clavó una uña en el primer armario que encontró y este se abrió por casualidad.

En su interior había un montón de vestidos y chales, capas y sombreros. Ben se levantó de un salto, tiró las enredaderas y empezó a rebuscar entre las prendas. Al final, sacó un ornamentado sombrero de ala ancha ribeteado con un lazo.

—¡Ya está! —declaró—. ¡Esto es perfecto!

Iggy miró el sombrero con disgusto.

—Antes muerto que ponerme eso.

—No es para que te lo pongas, idiota —soltó Ben con brusquedad—. Es para que te sientes encima y Palillo y su familia puedan llevarte en él.

—Voy a hacer el ridículo.

Ben se puso las manos en jarras, era un gesto que hacía su padre cuando estaba ligeramente molesto por algo, un gesto que ni siquiera sabía que había heredado.

—¿Y eso importa?

El gato volvió a mirar aquella monstruosidad con lacitos y se encogió de hombros.

—Supongo que no. —Se quedó callado—. Pero más te vale no contárselo a nadie. —Pensó en eso durante un rato—. Si esos perros de la Jauría de Gabriel me ven, no podré superarlo. Trotamundos en un sombrero. Te pido que...

Era un espectáculo rocambolesco: Ignatius Sorvo Coromandel sobrevolando la superficie de un lago negro, transportado en el interior de un sombrero blanco con lacitos por una docena de duendecillos del bosque (que iban sudando la gota gorda). Durante un rato, Ben sintió ganas de reír. Pero luego se dio cuenta de que tenía más ganas de llorar que de reír, y tuvo que morderse los labios. Por su parte, Iggy viajaba con la vista al frente, cual almirante en la proa de un barco, e intentaba tener el aspecto más digno posible. Ben observó su extraño avance hasta perderlo de vista en lo que parecía ser la otra orilla.

Luego fue a acostarse en la cama de su madre y deseó con todas sus fuerzas que la misión de Trotamundos culminara con éxito.

17

El mensajero

En el parque Aldstane no se oía ni un alma. De pronto apareció un gatito negro y marrón con ojillos brillantes de color dorado entre los rododendros y avanzó sobre la hierba salpicada por el rocío de la mañana. En ese mundo, el sol no había salido del todo y el coro de los pájaros al alba empezaba a sonar.

Iggy miró con ligero interés a un mirlo adormecido que estaba posado en una rama baja del gran fresno, pero se obligó a concentrarse en la misión que tenía entre manos (o entre patas).

Ben se había esforzado mucho para explicarle dónde estaba la urbanización King Henry, pero Iggy sabía que se hacía un lío cuando alguien intentaba darle instrucciones: prefería confiar en su instinto. Y en la suerte.

Así que avanzó trotando con elegancia por el camino, mirando a derecha e izquierda, e intentó recordar lo que le había dicho el chico sobre la casa del tío Aleister. Era algo relacionado con un enorme jaguar negro que estaba sentado en el camino de entrada...

Después de pasearse por un par de calles residenciales de Bixbury durante casi dos horas, Ignatius Sorvo Coromandel no obtuvo grandes resultados; lo único que había conseguido era tener sus cuatro patas doloridas. No había visto ningún jaguar, ni ningún otro gran felino. Y estaba perdido de verdad.

Saltó sobre una pared de ladrillo visto y se lamió las patas con tristeza. Menudo papelón para ser hijo de uno de los dos grandes exploradores de Eidolon. Menudo papelón para ser el famoso Trotamundos. Iba a fallar a Ben, iba a fallar a la reina Isadora, e iba a fallar a Eidolon, y todo por no poder encontrar la casa indicada. Se quedó cabizbajo.

—¡Baja de mi muro!

Levantó la cabeza de golpe. En el jardín que tenía a sus pies había un enorme gato de color naranja mirándolo con unos feroces ojos amarillos y gran parte del pelaje erizado, como si fueran púas.

—He dicho que bajes, ¡ahora mismo!

Iggy se quedó mirando al otro gato.

—Tendrías que pedirlo por favor —le espetó con aire bastante ofendido.

No había sido una buena idea. Antes de darse cuenta, el gato naranja había subido de un salto al muro y se había metido casi toda la cabeza de Iggy en su enorme bocaza. Iggy sintió sus dientes clavándosele en la coronilla.

—¡Ay! ¡Suéltame!

El gato naranja dijo algo ininteligible (sobre todo porque tenía la boca llena) y luego le dio un par de puntapiés simultáneos con sus patas traseras. Cayeron rodando, enzarzados, sobre el césped, donde Iggy logró liberarse durante el tiempo suficiente para decir:

—¡Soy Trotamundos y necesito tu ayuda!

Su agresor retiró los dientes poco a poco, como si lo hiciera de uno en uno, del cráneo de Iggy. Luego se alejó y se quedó mirando al gatito negro y marrón con cara de pocos amigos, las orejas bien pegadas a la cabeza y el hocico arrugado.

—He oído hablar de ti —dijo—. ¿Cómo sé que eres quien dices ser?

—He viajado por los senderos de Eidolon para llegar hasta aquí —añadió Iggy con desesperación.

El gato de color naranja puso las orejas de punta.

—Con que Eidolon, ¿eh? ¿El País Secreto?

—¿Has estado allí?

El otro gato puso expresión melancólica.

—Siempre lo he deseado.

—Si no puedo llevar mi mensaje a la persona necesaria, ningún gato podrá volver a entrar al Mundo Sombra con seguridad.

El gato de color naranja se rió incómodo, como si estuviera tratando con alguien un poco loco.

—¿De verdad están tan mal las cosas? ¿Has dicho una persona? Bueno, ¿por qué ibas a querer hablar con un soso?

—Algunas personas son sosas, pero otras tienen sangre de Eidolon en sus venas.

—¿Te refieres a la misma sangre de la reina? —En ese momento, el gato naranja se puso en guardia desde el hocico hasta la punta del rabo.

Iggy tuvo la sensación de que quizá había hablado demasiado. Empezó a acicalarse a toda prisa, que es la forma que tienen los gatos de cambiar de tema. Y dijo:

—Estoy buscando a una niña llamada Ellie. Está en una casa en cuya entrada vive un gran jaguar negro. Pero he buscado por todas partes y no he olido a ninguno. Ni siquiera a un león, ni a un tigre, ni a un lince…

El gato naranja empezó a troncharse de risa. Se quedó mirando a Trotamundos de forma burlona.

—Pero ¿qué gran felino que se precie iba a quedarse quieto en la entrada de la casa de un soso? Se refería a un coche, idiota. Un Jaguar, ¡es una marca de coche! Si no lo sabías, debe de ser cierto que vienes de otro mundo.

Iggy se agitó con incomodidad. A ningún gato le gusta parecer tonto.

—Está bien —dijo, enfadado—. ¿Dónde puedo encontrar ese coche?

Su adversario se levantó de la hierba y se sacudió el polvo.
—No lo sé.

—¡¿Que no lo sabes?! —Iggy estaba furioso. Después de que el gato naranja se hubiera burlado de él, eso era el acabose.

—Echa un vistazo. —El otro gato hizo un gesto hacia el camino que estaba al otro lado del jardín—. Hay coches por todas partes. Ese es el problema de los coches, se mueven y hay muchos.

Era cierto, había automóviles por todas partes, no paraban de moverse y muchos eran negros. En ese momento, las calles estaban llenas de ellos porque la gente iba a trabajar, sin ser consciente de que había dos mundos en peligro. Iggy soltó un suspiro, derrotado.

—¿No tienes otra información que pudiera servirnos de ayuda? —preguntó el gato de color naranja con más amabilidad.

Ignatius Sorvo Coromandel se estrujó su pequeño cerebro.

—Bueno —dijo—. La persona que estoy buscando vive con alguien llamado Terrible Tío Aleister, con una niña que se llama Cynthia y un gato sin pelo…

El felino naranja puso cara de sorpresa.

—¿Un gato sin pelo?

—¿Lo conoces?

—Sí. —El otro gato hizo una mueca de disgusto—. Si hay algo malo en este mundo, o en el tuyo, es esa Esfinge. Si la persona que estás buscando está en algún lugar cercano a esa criatura, será mejor que abandones la misión ahora mismo.

—No puedo hacerlo.

—Te llevaré hasta allí —dijo el gato naranja—. Pero no me acercaré a la casa. Ten cuidado con la Esfinge, y con las personas que la acompañan, es famosa por su crueldad. —Bajó el volumen de su voz, miró hacia atrás como con miedo de que alguien pudiera oírlo—. Encierran a los animales en cajas y los envían, metidos en camiones, a Dios sabe dónde. Muchos de ellos mueren durante el viaje. Dicen que venden los cuerpos para fabricar pienso. Si comes ese pienso, enfermas. Yo ya nunca como nada que salga de una lata. —Pensó en lo que había dicho—. Salvo por esa mousse tan rara, ya sabes a lo que me refiero. —Se encogió de hombros como impotente y dedicó a Iggy una sonrisa de medio lado—. ¡Los gatos nunca cambiaremos!

Ambos felinos trotaron uno junto al otro en silencio durante un tiempo que a Iggy, puesto que le dolían las patas y era de naturaleza impaciente, le pareció muy largo. Al final, regresaron al camino por el que ya había pasado ese día. No tardaron en verse los árboles del parque Aldstane por encima de los tejados. Entonces se sintió más torpe que nunca.

El gato de color naranja se detuvo junto a un objeto alto y rojo que había en una esquina de la calle.

—Por allí —dijo, y señaló con la barbilla en la dirección a la que se refería—. Es la cuarta casa de la hilera. Ten cuidado, y... —Hizo una pausa, luego añadió a toda prisa—: Si alguien te pregunta quién te dijo cómo llegar, no se lo digas.

—Eso sería difícil —respondió Iggy—. Porque no me has dicho cómo te llamas.

El gato naranja pareció desconcertado.

—Me llamo Tom —dijo—. O al menos así es como me llaman los sosos. —Se dio un golpecito en el hocico—. Nada de nombres verdaderos, no podemos arriesgarnos a que te lo saquen a base de torturas, ¿verdad? —Y se rió como si hubiera dicho algo graciosísimo, saltó a la cornisa más próxima y desapareció. Iggy se quedó mirándolo, preocupado.

La cuarta casa de la hilera no tenía ningún gato negro sentado a la entrada. En cambio, sí había un enorme camión amarillo con una titilante luz naranja encima, aparcado en el camino de la entrada, y unos cuantos hombres con mono de trabajo que cargaban un coche bastante maltrecho en la parte trasera del camión. Iggy se sentó en los arbustos y se quedó mirando con interés. Una mujer delgada con un elegante traje de color rosa estaba gritándoles, incitada por la niña que Iggy había visto por última vez en casa de Ben. La pequeña llevaba en brazos un gato flacucho y sin pelo.

Eran Cynthia y la Esfinge.

Iggy se estremeció cuando el gato recorrió con su desafiante mirada de ojos verdes el camino de entrada de la casa, y se escondió aún más entre los arbustos.

Detrás de ellos apareció otra niña. Era más alta que Cynthia, tenía el pelo largo y rubio recogido en una coleta para lucir un par de pendientes de plumas muy elegantes. Iggy la recordaba de la vez que había asomado la cabeza por la entrada de la casita del árbol. Entonces llevaba una pintura violeta bastante brillante en los párpados. En esta ocasión parecía como si hubiera estado llorando, porque la pasta negra que perfilaba sus ojos estaba corrida.

A Ignatius Sorvo Coromandel se le encogió el corazón.

—¡Ben jamás haría algo tan horrible! —dijo Ellie, como si fuera por enésima vez—. ¡Jamás haría algo así!

—Si no ha sido él quien ha quemado el todoterreno de mamá, ¿por qué se ha escapado? —preguntó Cynthia—. Contéstame a eso.

—¡No lo sé! —gritó Ellie—. ¡Yo no lo sé!

—Bueno, pues será mejor que vuelva —dijo la mujer del traje rosa—. O Aleister le dará una buena tunda. Tu padre tendrá que pagar los daños. —La tía Sybil miró a Ellie con despecho—. Y con lo que gana en ese patético periodicucho local, tardará años en saldar su deuda. ¡Años! —Y entró en la casa dando poderosas zancadas.

Ellie se quedó sentada en la escalera de la entrada.

—¿Alguien le ha dicho a mi padre que Ben no está? —le preguntó a su prima.

—Lo dudo —respondió Cynthia—. ¿A quién iba a importarle?

Al oír eso, la Esfinge se estiró en los brazos de la niña y compuso una sonrisa maliciosa, expresión que se acentuaba mucho más sin pelo que la disimulara.

—A nadie —dijo el gato para sí; Ellie lo miró, y luego miró a Cynthia, y cuando ambas se miraron de forma enigmática, la hermana de Ben dijo:

—Te odio a ti y a esa rata tuya. —Luego salió corriendo por el caminito del jardín hasta la calle.

La Terrible Prima Cynthia y la Esfinge se quedaron mirando cómo se alejaba con la misma sonrisa de medio lado. Luego Cynthia dio media vuelta, se metió en la casa y cerró de un portazo.

Iggy salió de entre los arbustos y corrió hacia la calle. Lejos, muy lejos, Ellie iba caminando con paso decidido en dirección a la ciudad.

—¡Oh, no! —exclamó Iggy—. No creo que pueda seguir ese ritmo con mis patas en estas condiciones. —Aun así, apretó los dientes y salió corriendo tras ella. Como iba a toda pastilla, le costó un rato alcanzarla. Cuando llegó a su altura, estaba tan agotado que apenas podía hablar.

—Ellie —dijo entre resuellos.

La niña se detuvo. Miró a su alrededor, pero al ver que no había nadie, volvió a caminar más deprisa que antes.

—Ellie, espera —le suplicó Iggy mientras la seguía renqueante.

Esa vez, la niña miró hacia abajo. Cuando se dio cuenta de que quien le hablaba era un gato, se quedó horrorizada.

—¡Me estoy volviendo loca! —exclamó sin dirigirse a nadie en particular—. ¡Estoy tan mal como Ben! ¡O como mamá! —Se metió las manos en los bolsillos y siguió caminando.

Al llegar a la parada del autobús, se sentó en uno de los pequeños asientos de plástico rojo y se quedó mirando la calle, deseando que apareciera el bus.

Iggy hizo un último y gigantesco esfuerzo y se acomodó en el asiento que estaba junto a ella.

—Mira —empezó a decir—, no haría esto a menos que la situación fuera desesperada, y lo es.

Ellie se quedó pálida y muerta de miedo. Entonces metió la mano en la mochila y sacó un par de auriculares que se puso a toda prisa en los oídos. Un gemido tenue y muy bajito, rematado por un golpe seco, llenó el espacio que los separaba.

Iggy le dio un cabezazo en la pierna, ella volvió a ignorarlo. El gato le clavó las uñas en los tejanos y ella se levantó y le dio un puntapié. Agazapado bajo los asientos, Iggy la miró con gesto suplicante, pero ella no le devolvió la mirada. El gato estuvo a punto de ponerse a maullar de frustración.

—¡Ellie! —gritó—. ¡Ellie Arnold!

No se produjo ninguna reacción.

El felino respiró hondamente y entonces, sin pensar siquiera en lo que estaba haciendo, recordó un dato trivial que Ben le había dado en la casita del árbol, antes de que el chico fuera consciente de lo que hacía ni del poder que implicaba esa información.

—¡Eleanor Katherine Arnold! ¡Quítate esas cosas de las orejas y escucha lo que tengo que decirte!

18

El mensaje

Pasaron tres autobuses en ambas direcciones mientras Ignatius Sorvo Coromandel le contaba a Eleanor Arnold su historia. Sin embargo, la niña no advirtió el paso de vehículo alguno, se quedó sentada en el asiento de la parada, con las manos pegadas a la cara y sus teatrales ojos perfilados de negro clavados en el gato.

—Pobre mamá —se lamentó Ellie. Pasados unos segundos, añadió—: Pobre Ben.

Luego se quitó los pendientes y los aplastó de un pisotón. Los fragmentos de pluma salieron volando, fueron atrapados por la corriente de aire caliente del tubo de escape de un coche, y cruzaron danzando la calle. Iggy observó cómo se alejaban, perplejo.

—Parecen las plumas de un ave Fénix.

—Pobres pajaritos —se lamentó Ellie—. Los sacaron de su casa en esas espantosas cajas en las que no podían ni respirar para matarlos y arrancarles... ¡Sabía que esas plumas no eran de una criatura vulgar y corriente!

Y le habló a Iggy sobre las joyas y los accesorios que la prima Cynthia y ella habían fabricado en secreto, metidas en el escondite de su prima. Habían robado unas plumas de colores exóticos y una piel que había traído el tío Aleister en una caja, y los habían vendido en el colegio para conseguir un suplemento a su paga semanal.

—No me paré a pensar de dónde habían salido —confesó, consternada—. No pensé que... ¿Y dices que todas las criaturas que mi tío y el señor Dodds han traído de Eidolon han agravado la enfermedad de mamá?

Iggy asintió en silencio y con gesto de solemnidad.

Ellie extendió una mano. Pasaba otro autobús por la calle.

—Métete en mi mochila —dijo mientras el vehículo empezaba a reducir la marcha—. ¡Deprisa!

Ignatius Sorvo Coromandel la miró con nerviosismo y se quedó donde estaba.

—¡Vamos! —le apremió la niña, lo cogió por el cuello y lo metió junto con sus potingues de maquillaje y su reproductor de CD—. Vamos al hospital.

Iggy asomó la cabeza por la parte superior de la mochila de Eleanor Arnold y miró a su alrededor. Le llegaban muchos olores de ese nuevo lugar que no le gustaban en absoluto: olores a enfermedad, muerte y productos químicos. Las personas que pasaban por los pasillos estaban demasiado preocupadas para darse cuenta de que había un gato mirando desde el interior de la mochila. Algunas de esas personas llevaban batas o trajes blancos y caminaban a toda prisa, o arrastraban mesas metálicas con ruedas y con personas dormidas encima. Otras, con ropa de calle, estaban sentadas en hileras de sillas y tenían cara de preocupación o de tristeza. El intenso olor a ansiedad lo impregnaba todo.

Al final, llegaron a una habitación donde no había más que camas. Algunas estaban rodeadas por unas cortinas. Junto a otras había visitantes sentados. La cama que estaba más al fondo de la habitación, junto a la ventana, tenía un montón de máquinas alrededor y unas bolsas transparentes que colgaban de barras metálicas con tubos que llegaban hasta un bulto alargado que estaba cubierto con una manta amarilla. Durante un instante, Iggy pensó que las bolsas eran las mismas que había visto en la pajarería, con las que el señor Dodds separaba a los peces de colores. Sin embargo, aunque miró entrecerrando mucho los ojos, no logró ver ningún pececillo en su interior.

Había un hombre sentado junto a la cama y la luz que entraba por la ventana caía sobre su rostro e iluminaba su expresión demacrada. Iggy se escondió en la mochila y esperó, sin estar muy seguro de qué hacer a continuación.

—Papá... —dijo Ellie, y su padre levantó la cabeza de pronto.

—Ellie, cariño, ¿qué haces aquí?

La hermana de Ben le dio un abrazo a toda prisa, luego recogió las cortinas que ocultaban la cama de su madre con un gesto enérgico y se sentó con la mochila en el regazo. Ignatius Sorvo Coromandel asomó las orejas y el hombre sonrió. Extendió una mano para que Iggy pudiera olfateársela. Luego le acarició la cabeza y ese lugar justo debajo de la barbilla que a todos los gatos les gusta que les rasquen.

—No creo que esté permitido traer mascotas aquí —comentó con dulzura y en voz baja el señor Arnold, por si alguien estaba escuchando.

—No soy una mascota —refunfuñó Iggy, enfadado, pero lo que el señor Arnold oyó fue: «Marramiauuu».

—No es una mascota —aclaró Ellie—. Se llama Trotamundos.

Dicho esto, el bulto de la cama se movió y murmuró algo. Iggy se sobresaltó. Era la primera vez que veía a la reina de Eidolon, aunque no tenía mucha pinta de reina en ese preciso instante. Tenía el rostro pálido y enjuto, y los pómulos marcados como hojas de cuchillo bajo la piel sin lustre. Su pelo lacio se veía apagado bajo la cruda iluminación hospitalaria, y los párpados estaban agrietados y como amoratados.

—Papá —dijo Ellie, agarrándolo de la mano—. Sé qué le ocurre a mamá...

El señor Anorld enarcó las cejas, sorprendido. Se puso un dedo en los labios.

—¡Chitón! No la despiertes.

Sin embargo, la señora Arnold abrió sus ojos verdes, verdísimos, y miró hacia arriba, y eso cambió la expresión de su mirada.

—Calla, Clive —dijo en un susurro—. Estoy despierta. —Se incorporó un poco, haciendo un gran esfuerzo—. Hola, Ellie, mi niña valiente. —Luego miró al gatito—. Hola —lo saludó con suavidad—. ¿Cómo te llamas?

—Soy Ignatius Sorvo Coromanel, hijo de Polo Horatio Coromandel, y mi madre es Finna Sorvo Allenderrante —dijo Iggy y añadió a toda prisa—: Alteza. —Inclinó la cabeza.

La reina Isadora sonrió con debilidad.

—Conocí a tu madre en... otro mundo. Si... si estás aquí, es porque tienes algo que contarme. —La pronunciación de cada palabra le costaba un mundo.

El señor Arnold no paraba de mirar, incapaz de creer lo que estaba viendo y oyendo. ¿De verdad su esposa estaba hablando con un gato y escuchando sus maullidos como si quisieran decir algo?

De pronto, la señora Arnold puso cara de disgusto.

—Le ha ocurrido algo a Ben, ¿verdad? Está en peligro, lo he visto en... en sueños. —Agarró a Ellie por el brazo y entonces demostró que le quedaban fuerzas—. Cuéntanoslo, cuéntanos todo lo que sepas.

Así que la niña empezó a contar lo que sabía sobre un montón de cosas. Sobre los dos mundos, uno que estaba lleno de magia y otro más gris, en el que estaban sentados en ese momento. Sobre la Gran Pajarería del señor Dodds. Sobre la verdadera naturaleza del negocio de importación del Terrible Tío Aleister y sobre cómo hacía dinero vendiendo sin escrúpulos a las criaturas del Mundo Sombra a sus codiciosos clientes. Les contó que el equilibrio de todas las cosas estaba viniéndose abajo, y por qué la señora Arnold —que en Eidolon era conocida como reina Isadora— enfermaba mientras sus súbditos caían prisioneros y morían en el mundo en el que se encontraban.

El señor Arnold escuchó perplejo gran parte de la explicación, al final se mostró consternado. Cuando Ellie terminó, su padre dijo con tristeza:

—¿Por qué no me lo habías contado, Izzy? Lo habría entendido. Al menos, habría intentado entenderlo. —Se quedó callado—. Me preocupaba que algo así pudiera ocurrir, que sufrieras por dejar tu hogar para vivir conmigo. Pero creí que estabas triste, no enferma. Al principio de tu enfermedad, pensé que podía ser gripe o algo así, pero luego fuiste empeorando cada vez más, y supe que no era gripe... —Se quedó callado, y se rascó la frente—. ¡Es todo culpa mía! De no haberte alejado de tu antigua vida, no habría ocurrido nada de todo esto.

A su esposa le corrían las lágrimas por las mejillas, aunque no le quedaban fuerzas para decir nada.

Ignatius Sorvo Coromandel le lamió la mano a Ellie.

—Dile que si no hubiera conocido a tu madre, entonces ni tú ni Ben ni Alice hubierais llegado a este mundo; y que sin tu presencia nada podría arreglarse. Algunas veces, las cosas tienen que estar a punto de desaparecer para que la gente se dé cuenta de lo importantes que son.

Eleanor transmitió esas palabras a sus padres y les contó el plan que Ben e Iggy habían ideado para poner en marcha la estrategia que empezaría a detener la escalada de pérdida de magia y vidas de Eidolon.

—Sí —dijo la señora Arnold—. Sí...

Entonces volvió a recostarse sobre las almohadas con un suspiro y se sumió de nuevo en un profundo sueño, más relajada que nunca.

19

El Hombre Astado

Ben apoyó los codos en el alféizar de la angosta ventana y miró al exterior, a ese mundo desconocido que se veía desde la alcoba de la torre. Era lo único que podía hacer, y lo único que le permitía olvidar cómo le rugían las tripas. Llevaba todo un día encerrado en la Habitación Rosa y no había probado bocado.

¡Habría dado cualquier cosa por un plato de riñones con coles de la tía Sybil!

Sin embargo, cuando lo pensó mejor, supo que habría preferido una hamburguesa, o un poco de asado de cerdo, o pescado rebozado con patatas fritas, o incluso (y eso era un claro indicativo de lo hambriento que estaba) una ensalada... Intentó dejar de pensar en comida, pero las imágenes de helados, trozos de pastel de chocolate, manzanas, guisos, huevos revueltos con tostadas, bizcocho de Navidad con frutos secos y fruta confitada, empanadas de carne de Cornualles y todas las cosas deliciosas que su madre les preparaba antes de ponerse enferma, daban vueltas en su cabeza hasta que se le hizo la boca agua.

—¡Contente, Ben Arnold! —se dijo con firmeza—. Te pondrás a babear.

—Ya lo estás haciendo.

La voz era aguda, prácticamente inaudible para el oído humano. El niño se secó la boca de forma instintiva y se volvió justo a tiempo para ver que alguien se escabullía y se ocultaba bajo la cama. Iggy debía de haberse dejado una cucaracha. Deseó que así fuera. Luego deseó no tener tanta hambre como para estar dispuesto a comer algo así. Ya era bastante horrible estar oyendo voces.

Le picaba la oreja derecha, así que hizo lo que su padre siempre le decía que no hiciera, se metió un dedo para aliviar la irritación. Cuando lo sacó, volvió a oír la voz:

—¡Qué niño tan maleducado!

Y de nuevo el silencio; sin embargo, cuando Ben se metió un dedo en la otra oreja y dejó la derecha destapada, oyó otra voz.

—Está claro que se considera demasiado superior para hablar con criaturas como nosotras.

Esa vez, la voz llegó del rincón más alejado de la habitación, de entre las telas de araña que formaban pliegues colgadas del techo. Ben se sorprendió. Cerró un ojo y luego el otro.

—Deja de guiñarme el ojo, ¡es de mala educación!

Con el ojo izquierdo no veía nada más que unos velos de color gris claro, pero con el ojo derecho...

Era la araña más grande que había visto. ¡Y estaba hablándole! Ben nunca había sido muy aficionado a las arañas, sobre todo a la terrible tarántula de la Terrible Prima Cynthia, la que se había arrojado bajo las ruedas del Jaguar del tío Aleister. Se preguntó si sería venenosa. Le pareció mejor ser educado con ella.

—Esto... buenas noches —saludó con nerviosismo—. Me llamo Ben. Ben Arnold.

—Eso ya lo sé. ¿Es que te crees que soy analfabeta? Cree el ladrón que todos son de su condición.

Ben estaba a punto de responderle algo para defenderse, pero la araña siguió hablando.

—¡Qué alboroto! Hace años que nadie me molesta y ahora, en solo unas horas, tengo que soportar a niños, gatos, trasgos, cucarachas malayas gigantes y duendecillos del bosque en mi alcoba. Por no hablar de él...

—¿Él?

—Caraperro.

—¿Quieres decir Dodman?

La araña lo miró con varios de sus curiosos ojos de una forma tal que hizo que Ben se sintiera profundamente contrariado.

—Quiero decir lo que he dicho, jovencito —respondió con retintín—. Deberías aprender a respetar a tus mayores. Sobre todo, a los que se han extinguido en tu mundo hace miles y miles de años.

Ben se quedó mirándola. ¿Extinguido? ¿Hace miles y miles de años? ¿Significaba eso que la araña estaba muerta, que era una araña fantasma? No parecía muerta: todo lo contrario, parecía demasiado viva, como si pudiera lanzarse a su cabeza en cualquier momento y sorberle los sesos.

—Algunos lo llaman Dodman.

Eso provino de abajo. A Ben le dio la sensación de estar rodeado por un sistema de escucha estereofónica situado a ras de suelo.

Una cucaracha salió de debajo de la cama y se quedó quieta en el suelo de piedra, como vigilante, como si en cualquier momento pudiera retroceder y volver a ocultarse. Ben supuso que estaba ojo avizor —u ojos avizores— por si aparecía Ignatius Sorvo Coromandel.

—¿Y tú que sabrás? —respondió la araña con impaciencia.

—Conocí a tu tía abuela —respondió la cucaracha—, y a tu tía tatarabuela, y a tu tía tátara tátara...

—Vale, vale —la interrumpió la araña, enojada.

—Disculpad —dijo Ben—. ¿Tenéis que hablar entre vosotras como si yo no estuviera aquí?

—¡Habráse visto! ¡Cualquiera diría que es un príncipe por cómo habla! —La cucaracha agitó las antenas como si estuviera partiéndose de risa.

Eso hizo reír a la araña, que emitió un ruido agudo y chirriante, como cuando se pasa el dedo por el vidrio de una ventana mojada.

—Alguien me ha dicho que soy un príncipe —dijo Ben con tristeza. Jamás se había sentido menos principesco que entonces.

—Pues claro que lo eres. Eres clavadito a tu madre cuando era pequeña —dijo la araña—. Con la salvedad de que tú eres un niño.

—El mismo pelo —dijo la cucaracha.

—La misma nariz —añadió la araña.

—Los mismos ojos... bueno, el mismo ojo...

—¡Por favor, basta ya! —gritó Ben. Era todo demasiado extraño. Se fue a sentar al borde de la cama, con cuidado de no pisar la cucaracha por el camino. Se suponía que lo más raro había sido la cena. De pronto se le ocurrió que si las personas oyeran hablar a su cena en el Otro Mundo, seguramente habría muchos más vegetarianos.

—¡Oh, cielos! —exclamó la araña—. Creo que lo hemos ofendido. No hace falta que te pongas así, jovencito. ¡Una sonrisita!, como dicen los tuyos. Nosotras las arañas no usamos mucho esa expresión. No podemos sonreír... Bueno, ya te han hablado de la profecía, ¿verdad?

Ben levantó la vista con curiosidad hacia las telas de araña y observó la complejidad de su urdimbre. Hacía falta mucha precisión para tejer así. ¡Y todo para atrapar a un par de moscas! Miró a la araña y se quedó pensativo. Más valía andarse con ojo con una criatura como aquella.

—Había una dríade —dijo Ben al final—, en el bosque... Ella se refirió a mí como «uno de los niños de la profecía». Y el señor Dodds dijo que yo era un príncipe. Pero todavía no entiendo lo que significa todo eso.

En ese momento, la araña se acercó hacia un costado de su red con un elegante movimiento y empezó a descender, pendida de su propio hilo de seda, hasta llegar abajo. En cuanto estuvo allí, se desprendió del hilo, avanzó a toda prisa por el suelo y sus ocho patas se convirtieron en un borrón por la velocidad con que se movían. Se detuvo frente al armario, se metió por la puerta abierta y desapareció. Estuvo tanto rato allí dentro que Ben empezó a pensar que había dicho algo que la había ofendido, pero al final reapareció y llevaba algo consigo.

Puede que Ben hubiera estado esperando un tesoro, de ser así, seguramente se sentiría desilusionado al ver que se trataba de un mugriento retal.

—¡Oh, la muestra! Había olvidado la muestra —dijo la cucaracha—. Enséñasela al chico, enséñasela.

—¡Deja ya de atosigarme! Esta cosa pesa lo suyo, ¿sabes? —La araña arrastró el pedazo de tela y consiguió moverlo un centímetro más.

—Déjame ver —dijo Ben. Lo desprendió de las numerosas patas de la araña y lo alisó sobre sus rodillas. Cuando lo miró con el ojo izquierdo le pareció un simple retal mugriento de tela blanca, más o menos del tamaño de un pañuelo, en el que alguien había bordado unas figuras arremolinadas con hilos de lana de distintos colores. En el pasado tal vez fue hermosa, o eso pensó Ben —aunque no podía presumir de ser un gran experto en bordados—; y sin duda debió de costar muchísimo tiempo bordarla. Sin embargo, cuando miró el retal con el ojo derecho, se dio cuenta de que lo que en un principio había creído que eran simples formas, en realidad eran letras llenas de filigranas, colocadas en círculo, unas encima de otras. Fue dándole vueltas al retal y se quedó mirando las palabras hasta lograr enfocarlas:

Dos mundos se funden en uno
dos corazones laten a la par,
cuando los tiempos sean más oscuros,
la verdadera fuerza resurgirá.

Uno más uno es dos,
y esos dos, tres darán.
Tres hijos de dos mundos
a Eidolon liberarán.

—¿Qué es esto? —preguntó Ben al vacío.

Sin embargo, el corazón se le desbocó y supo la respuesta antes de que la araña dijera:

—Es la profecía, muchacho. Eres uno de los tres. Tu madre lo bordó cuando tenía pocos años más que tú. Aunque no sabía que los protagonistas de esa profecía serían sus propios hijos.

—Pero ¿qué papel puede desempeñar Alice en todo esto? —se preguntó Ben. Era difícil imaginar que un bebé pudiera hacer algo útil.

—Es tu hermanita, ¿verdad? —preguntó la araña, que no estaba familiarizada con los nombres del Otro Mundo.

Ben asintió.

—No es más que un bebé —explicó el chico—. Ellie es mi hermana mayor.

La araña y la cucaracha intercambiaron una mirada muy elocuente.

—¿De qué color tiene los ojos la pequeña Alice? —preguntó la cucaracha, como quien no quiere la cosa.

Ben tuvo que pensarlo. Alice dormía tanto que era difícil imaginársela con los ojos abiertos. Se concentró.

—Verdes, creo —dijo al final.

—¿Y tu hermana Ellie?

Eso sí que era fácil. Ben vio su cara cuando asomó por la entrada de la casita del árbol, cubierta con esa pasta brillante y el rímel que le había puesto las pestañas de punta.

—Como de color avellana.

—Eso lo explica todo —sentenció la cucaracha.

Ben frunció el ceño.

—A mí no me explica nada.

—¡Chitón! —exclamó la araña extinguida—. Todo el mundo sabe que los elfos tienen los ojos verdes.

—¡Oh! —De pronto, todo cobró sentido, aunque de forma extraña: había podido ver la profecía de Eidolon con su ojo verde. Y podía imaginar a su madre de niña, con sus verdes y brillantes ojos clavados en el bordado, como la mismísima encarnación de la concentración. Seguro que se mordía el labio como hacía cuando estaba absorta en alguna tarea difícil. Cuando se acercó la tela a la nariz, le invadió un perfume a rosas secas. Cerró los ojos y deseó con todo su corazón estar de vuelta en casa y que no hubiera ocurrido nada en ninguno de los mundos.

En ese momento, la habitación se inundó con una luz cálida y rosada.

—¡Oh, no!, ¡otra vez no! —exclamó la araña como ofendida.

La cucaracha corrió a ponerse a cubierto.

—Hola, Palillo —dijo Ben.

—Hemos conseguido que Iggy sobrevuele el lago —le contó el duendecillo con emoción—. ¡Ahora he vuelto a por ti!

A Ben no le gustó mucho cómo había sonado eso.

—Mmm... —empezó a decir. A diferencia de Ellie, que se subía a la báscula del baño varias veces al día y podía decirte hasta el último gramo de su peso, Ben no tenía ni idea de cuánto pesaba. Sin embargo, lo que sí sabía era que pesaba mucho más que un gato, incluso más que un gato glotón como Ignatius Sorvo Coromandel—. No estoy seguro de que podáis conmigo...

—No llevar —dijo Palillo con impaciencia, con un tono que daba a entender que Ben era el chico más tonto de los dos mundos—. ¡Saltar! ¡Nadar! —Y señaló hacia la ventana.

—¡Estás de guasa!

—¿Guasa?

Ben no creía ser capaz de explicar el concepto «guasa» a un duendecillo del bosque de otro mundo. Así que, en lugar de dar explicaciones, dijo:

—¡De ninguna forma voy a hacer eso!

—Es única salida tuya —anunció Palillo con terquedad.

—No sé nadar —dijo Ben, y, como eso no era del todo cierto, añadió—: No soy capaz de cruzar a nado un lago entero.

—Alguien ayuda.

El chico le echó a Palillo una mirada de incredulidad, luego se dirigió hacia la ventana.

Abajo, muy abajo, estaba el lago reluciente y negro, como una piscina de petróleo. Ben se estremeció. ¿Quién sabía qué clase de horrores había bajo su superficie? Seguramente algún bicho parecido al monstruo del lago Ness, o al tiburón de la famosa película, o una serpiente marina gigante, o alguna otra criatura prehistórica y terrorífica. Sacudió la cabeza y se volvió hacia el interior de la habitación.

—No quiero parecer desagradecido ni nada por el estilo, pero no.

—Prometí a Iggy yo llevaría a casa a ti. —El duendecillo del bosque parecía estar a punto de llorar (si es que los duendecillos pueden llorar, claro)—. Encuentro ayuda. Costar un tiempo, muy difícil, y no irás ahora tú.

—Ben...

Fue como si lo dijera alguien desde muy lejos. El sonido brotó en el aire como una ola que choca contra la orilla de la playa. Fue un sonido cantarín.

Ben se quedó de piedra. Se volvió y se asomó por la ventana tanto como se atrevió. Había alguien —o algo— allí abajo, en el lago. La luz de la luna proyectaba divertidos reflejos en su pálida superficie, en las ondas que se propagaban con los movimientos de ese ser. Ben entrecerró los ojos para ver mejor. Parecía una foca…

O una *selkie*…

Una risa gorjeante le llegó flotando con la brisa, seguida por el chapoteo de una aleta.

—¡Encontrado! —gritó Palillo, victorioso—. Pienso en plan, ¡traer amigos!

Era La que Nada por la Senda de Plata de la Luna.

—Oh, Plata… ¡Creí que no volvería a verte nunca!

—¿Recuerdas que me sujetaste cuando me caí de aquel árbol tan alto, Ben?

—Sí… —No estaba muy seguro de si iba a gustarle el final de esa conversación.

—Confié en ti, y tú me salvaste. Bueno, pues ahora tú debes confiar en mí. Si saltas, te ayudaré a llegar hasta la orilla.

Ben pensó que ese no era el momento de aclarar que lo que había salvado a Plata había sido un golpe de suerte: una rama la había enganchado por la capa y había ralentizado su caída. Y entre la ventana del castillo y el lago no había nada que obstaculizara la caída de Ben. Nada de nada.

Palillo voló hasta colocarse detrás del chico, y la pared de piedra quedó iluminada por su cálida luz. Ben había leído muchas historias en las que el héroe atravesaba un portal mágico, y eso era exactamente lo que le parecía la ventana en aquel momento. Sin embargo, él ya estaba en otro mundo, y dar un paso hacia el exterior resultaba espeluznante.

—Salta, Ben —susurró el duendecillo.

—Piensa en tu madre —le recordó la cucaracha.

—Piensa en Eidolon —le gritó la araña.

Con la sensación de que el corazón le latía en los oídos, Ben se puso de pie sobre el alféizar. Como era alto y delgado, la ventana le quedaba como el marco de una foto. Miró hacia abajo una vez más, vio que la *selkie* le hacía señas y cerró los ojos. Entonces, como un sonámbulo en una pesadilla, dio un paso adelante y saltó al vacío.

20

Amigos

Ben notaba el aire pasando a toda prisa. Se le pusieron los pelos de punta.

Justo cuando ya empezaba a pensar que la caída era una experiencia bastante agradable, chocó de pie contra la superficie del lago y el agua lo engulló como el monstruo que había esperado encontrar en sus profundidades. Se hundió como el plomo. Nada lo detuvo. El agua, que estaba helada y se le colaba por todas partes, le entró por la nariz. Al no poder evitar abrir la boca para gritar, también tragó agua.

Pensó, aterrorizado, que iba a ahogarse y que nadie se enteraría.

De pronto, algo lo sujetó. Era algo liso, resbaladizo y fuerte que tiró de él y lo llevó a toda velocidad a contracorriente, hasta que asomó la cabeza por la superficie del lago y pudo respirar aire en lugar de agua.

Tosió y resopló. Luego abrió los ojos, y allí estaba la cara de Plata, justo junto a la suya, y él la rodeaba con sus brazos. La *selkie* lo miraba con sus ojazos negros y se le movieron los bigotes al sonreír. Entonces dijo:

—Agárrate fuerte.

Y se pusieron en marcha, pero esa vez Ben tuvo la sensación de estar volando y no nadando, porque lo único que tenía que hacer era agarrarse, la *selkie* hacía lo demás y lo salpicaba todo con el movimiento de sus poderosas aletas.

La orilla más distante del lago estaba cada vez más y más cerca, y Ben ya estaba a punto de empezar a gritar, eufórico, cuando un terrible aullido invadió la noche. Se volvió con miedo, y vio a la Jauría de Gabriel sobrevolando las almenas del castillo en dirección a ellos.

—Oh, no...

La *selkie* también se volvió. Ben vio que abría los ojos como platos y notó que nadaba hacia la orilla incluso con más decisión.

Sin embargo, el chico fue incapaz de apartar los ojos de los perros espectrales, ni del hombre con cabeza de perro que iba en el carro del que tiraban los canes. Dodman tenía la boca abierta, como si estuviera profiriendo un grito de furia o una orden mientras hacía avanzar a los aulladores volantes. La luz de la luna se reflejaba en sus alargados dientes.

—¡Deprisa, Plata, deprisa! —gritó Ben.

Sin embargo, una *selkie* sola no podía competir con la Jauría de Gabriel. Los perros descendieron en picado, sedientos de sangre, y Ben recordó que no les habían dado de comer. Se recostó sobre el lomo de Plata.

—¡Toma aire, Ben, toma aire y aguanta la respiración! —gritó Plata, y cuando el chico obedeció, ella se sumergió.

Se hundieron en la gélida oscuridad, aunque, esa vez, Ben se atrevió a mirar. Con el ojo izquierdo vio que todo era oscuro y adusto, pero, al abrir el ojo derecho, el panorama casi lo hizo gritar de asombro. Estaban nadando a través de lo que parecían las ruinas de una ciudad antigua, pues a su alrededor se alzaban torres derruidas, casas abandonadas, de aspecto fantasmal, jardines invadidos por la vegetación marina, donde los peces nadaban a toda prisa entre los restos de árboles hundidos. A Ben le recordó los acuarios de la pajarería, con sus algas de estanque y los arcos en ruinas de plástico. Sin embargo, todo aquello era una burda imitación comparado con esa grandiosidad original. Durante un instante, incluso olvidó que estaba asustado.

Arriba, los variados colores de los perros espectrales surcaban la superficie del lago. Ben tenía los pulmones a punto de reventar. Esperó que la *selkie* recordara que llevaba a un chico humano en sus espaldas, y no una extraña bestia marina que podía respirar agua. Le clavó las rodillas para recordarle que estaba allí, y ella ascendió aleteando con agilidad. Estaba en su elemento.

Salieron a la superficie, un poco más allá de donde se encontraba la Jauría de Gabriel. Ben se volvió y se dio cuenta de que estaban a punto de alcanzar la orilla. Pero ¿qué haría Plata cuando tuvieran que salir del agua? Recordó la lenta transición que había sufrido para pasar de foca a niña, y cuánto le había costado caminar con las aletas. No podía permitir que los perros atraparan a la *selkie*, la harían picadillo...

—¡Plata! —gritó—. Yo puedo nadar solo a partir de ahora, de verdad que puedo. Sálvate tu, sumérgete y vete.

Sin embargo, la *selkie* no dijo nada. En lugar de responder, realizó un viraje tan brusco que Ben estuvo a punto de caerse. Tuvo una visión fugaz de los dos perros que iban a la cabeza de grupo, a solo unos metros de distancia, y luego una visión desorientadora del bosque. Creyó ver algo moviéndose entre los árboles, pero el vistazo fue demasiado rápido para poder asegurarlo.

Entonces Plata soltó un ladrido de foca en la noche, y ese ruido se fundió con los aullidos, no los que provenían de detrás, donde la jauría de Gabriel estaba pisándoles los talones, sino de la orilla. Cuando Ben volvió a mirar, vio a cuatro enormes lobos de pelaje plateado emergiendo del bosque y, detrás de ellos, dos figuras más altas.

—¡Tengo que dejarte aquí, Benjamin Arnold! —gritó la *selkie*—. Me gustaría acompañarte, pero no puedo. Adiós, Ben, ¡volveremos a vernos!

Realizó un elegante giro, y Ben se encontró de nuevo completamente sumergido en el agua. Aleteó con los brazos. Pataleó con los pies. Sacó la cabeza del agua y empezó a chapotear sin parar. Intentó recordar lo que le decía el profesor de natación cuando él no hacía más que hundirse. Sin embargo, nadar en la piscina del polideportivo de su ciudad, con su agua azul y cristalina y los carriles perfectamente delimitados, no parecía una preparación muy útil para intentar escapar de una manada de perros espectrales rabiosos y de su amo loco, nadando en un profundo lago de oscuras aguas. Aun así, Ben hizo lo que pudo, y, pasados unos segundos, hizo pie en el fondo del lago y supo que estaba a punto de llegar a la orilla.

Al mismo tiempo, alguien lo agarró por el plumón y tiró de él hacia atrás. Sintió un aliento cálido en la nuca.

—¡No matéis al príncipe! —ordenó Dodman—. ¡Lo necesitamos vivo!

En ese momento, los cuatro lobos gigantes que Ben había avistado en la orilla del lago se lanzaron al agua. De pronto se encontró en medio de una zurribanda. Quedó envuelto en una maraña de hocicos que gruñían, dientes caninos amarillos, alientos apestosos y furiosos rugidos. La Jauría de Gabriel gruñía y chascaba las mandíbulas. Los lobos aullaban y lanzaban dentelladas. Ben estaba seguro de que iban a destrozarlo, pero, pasado un rato, se oyó un aullido de dolor y lo soltaron de la chaqueta. Aprovechó ese momento para liberarse de su captor a patadas y, tras removerse para avanzar, se dio cuenta de que podía levantarse. Se puso a correr por el bajío hasta que llegó a tierra firme.

Cuando recuperó el aliento, se volvió y vio que la Jauría de Gabriel se retiraba, aterrorizada por sus adversarios, aunque Dodman les gritaba desde el carro. Los lobos permanecían firmes e inquebrantables, con el pelaje reluciente, salpicado por el agua. Tenían un aspecto imponente, no como los ejemplares desgreñados que Ben había visto en cautividad, en el zoológico de su ciudad.

—¡Hacia aquí, Ben! —la grave voz le retumbó a Ben en las costillas.

Era el Hombre Astado que había visto en su largo y triste recorrido hacia el castillo. Se colocó justo delante de la hilera de árboles, con su enorme cornamenta bañada por la luz de la luna, y junto a él había otra criatura salida de los libros de mitología, que a Ben tanto le gustaban. La parte superior de ese ser era un joven muchacho, con un rostro orgulloso, de rasgos afilados y ojos penetrantes. El pelo negro le caía sobre los hombros y sobre un imponente torso de piel morena. Sin embargo, de cintura para abajo tenía el cuerpo de un poderoso caballo.

—¡Oh! —exclamó Ben—. ¡Un centauro!

—Se llama Darío —dijo el Hombre Astado—. Pertenece al pueblo de los hombres caballo.

El centauro dio un paso al frente. Inclinó la cabeza ante Ben e hincó una rodilla en la hierba.

—Sería un honor llevar al hijo de la reina Isadora a un lugar seguro —proclamó.

Ben no estaba muy seguro de qué debía responder a eso, pero cerró el puño y se lo llevó al pecho como había visto hacer a un soldado romano en una película, pues le pareció un gesto correcto.

—Gracias, Darío —respondió—. El honor será mío.

Con alegría, el chico saltó a la grupa del centauro, y Darío se levantó con brío y se volvió para seguir al Hombre Astado, adentrándose en el bosque.

Ben pensó que, por increíble que pareciera, en solo un par de días había volado en dragón, nadado en foca y montado en centauro.

Si no hubiera sido todo tan peligroso y hecho con tanta urgencia, habría sido el mejor momento de toda su vida.

—Vayámonos antes de que Dodman pueda seguirnos —advirtió el Hombre Astado.

El chico echó una última mirada hacia atrás justo a tiempo para ver que la Jauría de Gabriel dejaba de perseguirlos, interceptada por los cuatro lobos blancos. El carro se elevó a trompicones y Dodman se precipitó en las oscuras aguas del lago, dando un montón de volteretas laterales con brazos y piernas, y profiriendo un aullido de furia.

Ben rió con regocijo.

Entonces, Darío corcoveó y el chico tuvo que poner los cinco sentidos en la monta para no acabar en el suelo.

21

El Señor del Bosque

Justo cuando la luna alcanzaba su cenit, salieron del bosque y llegaron al páramo que Ben había cruzado siendo prisionero. El centauro empezó a galopar y el Hombre Astado corría a su lado, conquistando el terreno con zancadas poderosas y gráciles. Sus sombras dibujadas por la luz de la luna, alargadas y atenuadas, eran fieles compañeras de recorrido.

Ben iba mirando hacia atrás.

—Estoy seguro de que mis lobos se han ocupado de mantener a Dodman a raya —dijo el Astado, y la luz de la luna brilló en sus ojos color avellana.

—¿Quién es en realidad Dodman? —preguntó Ben, aferrado con los puños bien apretados a las gruesas crines del centauro.

—Dodman, Caraperro, Señor Muerte, tiene muchos nombres —respondió el hombre de la cornamenta. Las hojas que llevaba por toda indumentaria hacían fru fru mientras corría. Ben no lograba ver cómo las llevaba pegadas, no sabía distinguir si eran una especie de vestimenta o parte de su cuerpo—. Pero nadie conoce su verdadero nombre, ni su origen, que ha demostrado ser maligno. Durante un tiempo, eso parecía un detalle sin importancia; no siempre ha sido tan poderoso.

—¿Se volvió poderoso al irse mi madre? —preguntó Ben con un hilillo de voz. Tenía la extraña sensación de que todo aquello era culpa suya, y de Ellie y de Alice.

El Hombre Astado asintió en silencio.

—Quería casarse con ella. Viejo Espeluznante y él hicieron una especie de trato cruel. Pero el destino les jugó una mala pasada, e Isadora huyó de sus garras, aunque desconocía los malvados planes de su hermano. En ese momento pensamos que su partida había sido lo mejor, aunque nadie podía prever las consecuencias.

Ben se estremeció. Entonces se preguntó qué habría ocurrido si su madre se hubiera casado con el señor Dodds, ¿él habría nacido con cabeza de perro? Tal vez ni siquiera habría nacido.

—¿No te castigará por haberme ayudado?

El Hombre Astado rió.

—Dodman no manda en el bosque, ni lo hará jamás. Todavía quedan lugares que puedo considerar míos.

—Pero si mi madre es la reina de Eidolon, ¿no es también la reina del bosque? —preguntó Ben, confundido.

—He visto a miles de reinas ir y venir de Eidolon —respondió el Hombre Astado sin el menor atisbo de resentimiento ni presunción—. Tu madre es la reina de Eidolon y es también mi reina, y le debo mi amor y lealtad. Y a ella le encanta tener un amigo que se encargue de vigilar el bosque en su lugar.

—¿Tienes nombre? —preguntó Ben con timidez—. No sé cómo llamarte, ni cómo darte las gracias.

Al oír aquello, el centauro dio un corcoveo de alegría y volvió la cabeza para mirar a Ben. Le guiñó un ojo.

—Dodman no es el único que tiene varios nombres —dijo—. Puedes llamarlo Hombre Astado, Herne el Cazador, Hombre Verde, o Cernunnos, Señor del Bosque.

Todo eso le resultó un poco abrumador. Ben optó por el que le sonaba más parecido a un nombre de pila.

—Gracias por salvarme, Cernunnos. Pero ¿cómo has sabido que tenías que acudir en mi ayuda?

El señor del Bosque sonrió.

—Uno de los habitantes de mi bosque vino a buscarme. Creo que lo conoces, es un duendecillo que se llama Palillo. Dijo que tú lo habías salvado de Dodman. Y la bondad, con bondad se paga.

Ben se ruborizó de alegría. Era algo que su madre siempre decía.

No tardaron mucho en llegar al bosque de Darkmere, y seguían sin ver rastro de sus perseguidores.

Redujeron la marcha, para descansar un poco y porque no tenían más remedio que hacerlo, pues los árboles de aquel tramo estaban muy pegados unos a otros y sus raíces podían ser traicioneras incluso para el más avezado explorador.

El Hombre Astado los condujo a través de un espeso sotobosque de fresnos cuyas hojas encrespadas caían hacia el suelo por el peso de una especie de hongo. Cernunnos sacudió la cabeza.

—Mi bosque se ha vuelto más oscuro y agreste que antes —dijo con voz apagada. Pasó los dedos por la mohosa corteza del tronco de un espino y se llevó la mano a la nariz—. Y algo lo ha hecho enfermar.

—Yo creo —comentó Ben con tono incierto— que la razón podría ser la enfermedad de mi madre. En el otro mundo.

Darío se volvió, tenía los ojos abiertos como platos.

—Entonces, ¿la Señora no ha muerto?

Ben apretó más aún las crines del centauro.

—No estaba muerta cuando yo me fui. Pero estaba muy enferma. —Lo invadió el pánico. ¿Y si su madre había muerto mientras él estaba allí?—. Tengo que volver —dijo de sopetón.

—Hacerte regresar es nuestra obligación —afirmó Cernunnos con solemnidad—. Eres hijo de la profecía. Nuestro futuro está en tus manos. En tus manos y en las de tus hermanas.

Ben pensó que resultaba difícil imaginar a Ellie, y mucho menos a Alice, contribuyendo a la salvación de Eidolon. Sin embargo, el mundo se había revelado como un lugar tan extraño durante las pasadas semanas que en ese momento el chico creía que cualquier cosa era posible.

Avanzaron en silencio entre los árboles, y Ben miró a su alrededor, preguntándose cuál de ellos albergaba a la dríade que había intentado salvarlo con uñas y dientes de Dodman, porque le hubiera gustado verla antes de marcharse. No obstante, no le sonaba nada de lo que veía, y Cernunnos no parecía muy dispuesto a hacer un alto en el camino, sino que se abría paso con decisión por el bosque.

Estaba cruzando una zona donde los árboles estaban un poco más separados entre sí, cuando el Señor del Bosque levantó la vista de pronto y frunció el ceño.

—¡Quedaos aquí! —ordenó—. Y no os mováis.

Corriendo con la gracilidad de un ciervo, pasó entre los árboles mientras miraba con detenimiento la bóveda del bosque en busca de algo que estaba allí arriba.

Ben levantó la vista. En el cielo nocturno vislumbró una figura en movimiento, negra por el contraste con la luz de la luna. Esperó y contuvo la respiración al tiempo que toda clase de terroríficas perspectivas se adueñaban de su imaginación.

El centauro pateaba el suelo con impaciencia.

—La Piedra Antigua está cerca —comentó Darío en voz baja—. No te preocupes Ben, te llevaremos hasta allí. —Hizo una pausa y luego añadió—: O moriremos en el intento.

Pasado un rato, Cernunnos regresó.

—Era un escupefuego —anunció—. Estaba olisqueando el suelo en busca de un rastro. Los dragones son los seres más antiguos e impredecibles, es mejor evitar toparse con ellos que arriesgarse a ser presa de su cólera.

Ben recordó a Zark quemando las ruedas del todoterreno de la tía Sybil.

—A mí sí me gustan los dragones —comentó en voz baja.

Al borde del claro al que había llegado Ben por el sendero de Aldstane, el Hombre Astado se detuvo y olfateó el aire.

—Esto me huele mal —comentó—. Por aquí hay trasgos. Olfateo su rastro.

—Serán Tresgo y Trosgo —dijo Ben—. Trabajan para mi tío. Quiero decir, para Viejo Espeluznante, o como quiera que se llame aquí. No creo que sean tan malos como él pretende. Lo acompañaban para atrapar a otro dragón, por encargo de un cliente.

—¿Cliente? —preguntó Cernunnos con el ceño fruncido.

—Alguien que paga dinero a cambio de algo que tienes y que él quiere —aclaró Ben.

—¿Dinero?

Ben se quedó mirando al Hombre Astado.

—¿No hay dinero en el País Secreto? —Se metió la mano en el bolsillo y sacó un par de monedas—. Le damos esto a la gente, y ellos nos dan... nos dan cosas a cambio.

Darío miró las monedas.

—¿Se comen? —preguntó con recelo.

—No —respondió Ben.

El Señor del Bosque cogió una de la palma del chico y la levantó. Era una moneda nuevecita de cincuenta centavos.

—Es bastante brillante —dijo después de un rato—. Supongo que a las urracas les deben de gustar. También pueden servir para que se refleje la luz en el fondo de un arroyo. —Pensó durante un rato—. Aunque los guijarros tienen colores más bonitos. ¿Qué hacéis con ellas?

—No gran cosa, en realidad. Se coleccionan y van pasando de unas manos a otras.

—¿Y Viejo Espeluznante está secuestrando a nuestras criaturas a cambio de estas cosas?

Ben asintió en silencio.

Al Señor del Bosque se le demudó el rostro.

—¡Menuda locura!

—Mi hermana y yo intentamos detenerlo —dijo Ben con la esperanza de que Iggy hubiera llegado hasta Ellie y la hubiera convencido para hacer lo que tenía que pedirle—. Si logramos evitar que el señor Dodds y él sigan robando la magia de Eidolon, mamá recuperará su fuerza y, si ella mejora, Eidolon también podría mejorar.

—La reina Isadora debe regresar con los suyos —dijo de golpe el Hombre Astado—. O Eidolon dejará de existir.

Ben se quedó mudo. No había llegado a pensar en eso, lo único que había imaginado era que su madre mejoraría, pero ¿qué harían su padre, sus hermanas y él si ella tenía que dejarlos para siempre?

Cuando se acercaron a la entrada del sendero, le invadió una tristeza repentina. Su parte de Eidolon se mostraba reticente a marcharse, aunque el mundo mágico estuviera asolado y fuera peligroso. No tenía ganas de regresar a casa y enfrentarse con la cruda realidad. Sin embargo, sabía que debía hacerlo.

Bajó deslizándose de la grupa del centauro. Luego, tras enderezarse, tocó el pedrusco que era la versión del Mundo Mágico de la Piedra del parque Aldstane y se miró la mano mientras penetraba en la otra dimensión.

Se oyó un aleteo en lo alto.

—¡Corre! —dijo la voz que procedía del cielo—. ¡Ya llega! ¡Cruza el sendero!

En lugar de hacer lo que le ordenaban, Ben miró hacia arriba, al cielo nocturno.

—¡Zark! —exclamó—. ¡¿Eres tú?!

Sin embargo, nadie respondió, pero se vio un haz de fuego surcando el cielo. La potente luz reveló la presencia de

Dodman en su carro restituido, tirado no solo por la Jauría de Gabriel, sino también por cuatro lobos de pelaje plateado. Los lobos parecían intimidados, tenían un aspecto desaliñado y actuaban como si no tuvieran voluntad; iban con la cabeza gacha y el rabo entre las piernas. De alguna forma, Dodman había logrado dominarlos, los había hecho entrar en vereda y los había convertido en miembros de su partida de caza.

Cernunnos y Darío intercambiaron una mirada afligida, pero fue la expresión del Señor del Bosque la que de verdad asustó a Ben. La situación había dado un vuelco terrorífico. Si el señor Dodds podía obligar a los lobos de pelaje plateado a que hicieran lo que él quisiera, eso significaba que era mucho más poderoso de lo que el Hombre Astado había imaginado.

—¡Venga, Ben! —gritó Cernunnos—. Cruza el sendero. ¡Nosotros te cubrimos!

Sin embargo, el chico seguía dudando.

—Por favor, no os arriesguéis por mí. —Recordaba cómo habían capturado a Xarkanadûshak; no podría soportar que el Señor del Bosque y el orgulloso centauro sufrieran el mismo destino.

—Si no nos enfrentamos a él ahora, todo saldrá mal —dijo el Hombre Astado con gravedad—. Pero Dodman todavía no está listo para enfrentarse a mí, solo es capaz de vilipendiar a mis lobos. Habrá un juicio final, pero aún no ha llegado el momento. Está alardeando de su fuerza, pero no combatirá conmigo. Y, ocurra lo que ocurra aquí, tú no tienes por qué presenciarlo. Vuelve a tu mundo y haz lo que puedas allí. —Y empujó a Ben al sendero con toda su fuerza.

22

La Piedra Antigua

Mientras daba vueltas y más vueltas en la extraña atmósfera del camino entre los dos mundos, Ben no se sentía aliviado, sino desesperado. Había dejado que otros libraran la batalla en el País Secreto, como había hecho en el otro mundo al que llamaba hogar. Le quedaba mucho camino que recorrer antes de convertirse en héroe, si es que iba a participar en la realización de la profecía para liberar Eidolon.

Entonces empezó a caer, pero, antes de poder prepararse para el aterrizaje, chocó contra el suelo y se dio un golpe seco que lo dejó para el arrastre.

—¡Ay!

Se levantó con cuidado y se sacudió el polvo de las manos y las rodillas. Se había dado con la Piedra Antigua en un codo y le dolía muchísimo. No entendía por qué llaman a esa parte de la anatomía el hueso de la risa. Entonces, sin que le hubieran dado vela en aquel entierro, su cerebro le recordó que ese hueso se llamaba húmero. Húmero, ¡el hueso del humor! Seguía sin tener gracia.

Además, no era momento de estar pensando en juegos de palabras. Porque estaba pasando algo. Ben echó un vistazo a su alrededor. Cerró el ojo izquierdo, luego lo abrió y cerró el derecho: no cabía ninguna duda de que había vuelto a su mundo, porque veía lo mismo con los dos ojos. Estaba en el parque Aldstane.

Oía los gritos y los ruidos que hacían una serie de personas —u otros seres— al correr. Se oían un montón de crujidos preocupantes entre la maleza. Ben se preguntó si habría salido del fuego para caer en las brasas. Un segundo después, media docena de trasgos salieron de golpe de entre los rododendros.

Al verlo, los dos que iban delante retrocedieron.

—¡Es el chico! —dijo el que Ben conocía como Tresgo.

—¡Ha huido! —gritó Trosgo.

—¿El chico?

—¡El que es medio élfico, el hijo de la reina!

En ese momento, los otros cuatro trasgos se agruparon detrás de Trosgo y Tresgo.

—No parece un elfo —dijo uno.

—Solo es medio élfico.

—¿Podemos comernos su mitad humana? —preguntó otro.

—Ni hablar —respondió Tresgo—. Te hará un hechizo.

Ben estaba bastante seguro de que no podía hacer hechizos, pero dijo:

—Le he hecho un hechizo a Dodman y os borraré del mapa con mi magia si os acercáis a mí por poco que sea.

—¡Le ha hecho un hechizo a Dodman!

Los trasgos se quedaron callados. Hablaban entre sí con susurros que eran demasiado bajos para que Ben los oyera, y se dio cuenta de que, fueran cuales fuesen los poderes especiales que podía tener en Eidolon, allí ya no los tenía. Aun así, si manifestaba la más mínima señal de miedo, seguramente lo harían picadillo. Recordó a Trosgo rogándole al señor Dodds un poco de «carne fresca y tierna de niño» y se obligó a dejar de pensar en ello antes de que empezaran a temblarle las rodillas.

En ese momento, uno de los trasgos dio un paso al frente.

—Vamos —dijo—. Si nos dejas volver a nuestro bosque por el sendero, no regresaremos.

—¿Y el trabajo que teníais que hacer para el viejo?

Trosgo enseñó sus afilados dientecillos y silbó.

—Ya no queremos trabajar para él. Ese maldito dragón…

Ben lo miró más de cerca y vio que el trasgo estaba herido. En la oscuridad resultaba difícil verlo, pero el brazo que tenía pegado al pecho parecía quemado y magullado.

—¡Eso te enseñará a no secuestrar criaturas del Mundo Sombra! —le espetó Ben con severidad.

—¿A qué se refiere con secuestrar? —preguntó Tresgo, pero ninguno de sus compañeros lo entendió, todos se encogieron de hombros y pusieron cara rara.

—Me refiero a que os lleváis lo que no es vuestro —dijo Ben, y tuvo la sensación de que estaban obligándolo a hablar como un profesor pedante.

Todos parecían desconcertados.

—Pero ¡si un dragón no es de nadie! —refutó Trosgo, y a Ben no se le ocurrió ninguna respuesta a eso.

—¿Me dais vuestra palabra de que no volveréis a hacer los que os ordene Viejo Espeluznante?

—¿Qué palabra?

—¡Oh, esto es inútil! ¿Qué haréis si os dejo marchar?

Trosgo miró a Tresgo.

—¿Comer sapos? —sugirió el trasgo.

—¿Zambullirnos en los estanques? ¿Pescar?

—Gastar bromas al minotauro —sugirió el otro.

—No, no, eso sí que no, recordad lo que ocurrió la última vez.

A Ben le daba vueltas la cabeza.

—Bueno, pues entonces marchaos —dijo, y se apartó de la piedra. Se preguntó qué encontrarían al otro lado, pero supuso que no eran lo bastante valientes para enzarzarse en una pelea.

Los monstruitos se acercaron con precaución, sin dejar de mirar a Ben con sus ojillos picarones.

—Hummm… —empezó a decir Ben cuando se le ocurrió una cosa de repente—, ¿dónde está el tío Aleis… Viejo Espeluznante?

Trosgo se volvió para mirar a Ben con los ojos bien abiertos.

—¡Detrás de ti! —exclamó y se lanzó al sendero de un salto.

Ben se volvió de golpe, esperando encontrarse al horrible viejo agazapado con sus largas uñas y sus descuidados dientes, pero, en lugar de eso, allí estaba el Terrible Tío Aleister, con un elegante traje y una larguísima gabardina. Estaba desarreglado, como si hubiera participado en una escaramuza. Tenía la corbata torcida, la camisa de raya diplomática estaba desgarrada y le había caído sangre de la nariz en el cuello. Se quedó mirando a Ben con desprecio.

—Sal de mi camino, ¡mocoso del demonio!

—¡No! —exclamó Ben, intentando parecer más valiente de lo que se sentía.

—En tal caso, ¡tendré que llevarte conmigo! —sentenció el tío Aleister—. Y esta vez no escaparás, te lo aseguro, ¡esta vez, Dodman y yo acabaremos contigo de una vez por todas! —Se rió—. Ahora que lo pienso, es lo que deberíamos haber hecho desde el primer momento: cuantos menos hijos de Isadora queden, menos probabilidades hay de que esa ridícula profecía pueda cumplirse. —Y se dirigió hacia Ben con gesto amenazador.

El chico se agazapó detrás de la piedra antigua.

—¡No te atrevas a acercarte! —gritó levantando una mano.

—¡Trosgo! ¡Tresgo! ¡Teluro! ¡Tocón! ¡Tábano! ¡Tontín!

Sin embargo, ninguno de los trasgos respondió a la llamada del tío Aleister.

Unas luces azules sesgaron el aire e iluminaron los matorrales con una palidez fantasmagórica, y entonces Ben oyó unas sirenas.

—¡Es la policía! —gritó.

—Ya sé que es la policía, mocoso estúpido, ¿por qué crees que intento escapar al Mundo Sombra? ¡Ahora apártate de mi camino!

Pero Ben ya estaba gritando:

—¡Por aquí! ¡Por aquí!

El Terrible Tío Aleister se lanzó sobre su sobrino.

—¡Maldito niñato del demonio! Te convertiré en comida de tiranosaurio. —Agarró a Ben por los hombros y lo arrastró hacia el sendero.

—No te conviene entrar ahí –le advirtió Ben–. El Hombre Astado está esperando al otro lado. Sus lobos también están allí, y un centauro.

No creyó que fuera necesario explicar que los lobos estaban atados al carro de Dodman.

El tío Aleister puso cara de espanto. Luego le hizo a Ben una llave agarrándolo por el cuello, se metió la mano en un bolsillo, sacó un cuchillo afilado y se lo puso al chico contra el gaznate.

—Si dices una palabra más –lo amenazó–, te convertiré en picadillo para los perros.

Luego metió la cabeza por el sendero y echó un vistazo.

Cuando volvió a salir, se había convertido en Viejo Espeluznante, con el rostro pálido y la cabeza calva, con las cejas asomando por encima de los ojos vidriosos y hundidos. Enseñaba los dientes amarillentos, estropeados y semejantes a fauces. Al tiempo que se desanimaba, a Ben se le ocurrió que esos dientes daban un nuevo significado a la expresión «poner los dientes largos».

—Por lo visto todavía no has aprendido a mentir, Benjamin Arnold –dijo el tío Aleister–. Por tus venas corre demasiada sangre de tu madre.

Empujó al chico hacia los arbustos y lo acorraló contra un árbol, tapándole la boca.

Ben vio que las luces azules brillaban cada vez con más intensidad. Las sirenas se oían cada vez más cerca; la policía debía de estar recorriendo el parque. Las puertas de un coche se abrieron de golpe, luego Ben oyó las pisadas aplastando el suelo alfombrado de hojarasca de alguien que se acercaba corriendo.

—¡Por aquí! —gritó alguien—. ¡Se ha ido por aquí!

Las linternas parpadeaban entre las hojas.

Entonces apareció un policía en el claro que estaba junto a la Piedra Antigua. Ben se retorció, pero su tío lo tenía bien agarrado, y, al final, el agente de policía pasó de largo. El chico notó que su tío había aflojado un poco la presión de su brazo, así que se removió hasta liberarse y mordió la mano que agarraba el cuchillo con tanta fuerza que el Terrible Tío Aleister soltó un taco. El arma blanca cayó al suelo. Ben tomó aire para gritar pidiendo ayuda, pero su tío le puso una mano bien fuerte en la cara para taparle la boca y la nariz. Le cayó sangre de su captor en el rostro. No podía respirar.

Justo cuando creía que iba a desmayarse, su tío gruñó como por sorpresa. Por lo visto, el zarcillo de una hiedra se le había enredado en la mano y tiraba de él obligándolo a moverla para soltarse. Pasados unos segundos, el chico se dio cuenta de que podía respirar y moverse. Con una sacudida desesperada, se zafó del Terrible Tío Aleister y volvió para comprobar si volvía a acercársele. Casi no pudo creer lo que vio.

El árbol contra el que estaba apoyado había agarrado al tío Aleister por los brazos y las piernas, y lo tenía pegado a su tronco. La hiedra le cubría la cabeza y el torso, y le dejó atadas las manos a los costados. A su tío se le salían los terribles ojos de las órbitas por la impresión del ultraje sufrido.

Por encima de la cabeza del hermano de su madre, apareció una segunda cabeza. Ben soltó un grito ahogado. Tenía unos rasgos bellos y un delicado cabello ondulado, todo del mismo color que el árbol en cuya corteza estaba.

—¡Eres tú! —exclamó Ben, maravillado.

—Te fallé en el bosque de Darkmere, y sabía que podía hacer algo para compensarte —dijo la dríade mientras sujetaba al Terrible Tío Aleister con tanta fuerza que este gritaba de terror—. Debemos hacer todo cuanto podamos para salvar Eidolon.

—¿Has pasado por el sendero sin saber siquiera qué encontrarías al otro lado?

—Te he seguido. El Señor del Bosque me vio marchar. Creo que le alegró saber que no estarías del todo solo.

Ben se quedó asombrado por su valentía.

—Volveré en cuanto este bellaco reciba su merecido y me asegure de que estás a salvo. Los árboles de este lugar no tienen mucha magia del País Secreto, debe de habérseles filtrado por el camino entre los dos mundos. Yo estaré bien durante un tiempo.

Apretaba al tío de Ben con tanta fuerza que el aire le salía por la boca y empezaba a ponerse morado.

Ben decidió que el tío Aleister merecía el trato que estaba recibiendo, así que, en lugar de pedirle a la ninfa arbórea que lo dejara, sonrió y dijo:

—Gracias, dríade. Creo que eres la criatura más valiente que he conocido. Mi madre estaría orgullosa de ti. —Luego formó bocina con las manos y gritó—: ¡Policía! ¡Por aquí, por aquí!

Unos segundos después, dos agentes de policía uniformados se acercaron corriendo con las esposas en ristre.

—¡Ayúdenme! —chilló el tío Aleister, en ese momento más aterrorizado por el árbol que por cualquier otra cosa que pudiera suceder—. ¡Ayúdenme! ¡Este árbol intenta matarme!

Los policías intercambiaron una mirada. A continuación, el sargento movió la linterna para iluminar la cara del tío Aleister.

—¡Como una chota! —le comentó a su colega—. ¡Está como una auténtica chota! —Miró a Ben—. ¿Estás bien, hijo? ¿Te ha hecho daño?

—No exactamente —respondió Ben, mirando por el rabillo del ojo mientras la dríade volvía a desaparecer en el interior del árbol, dejando así que los policías desenredaran al tío Aleister de la hiedra.

—¡Ben!

El chico se volvió.

—¡Papá!

El señor Arnold se acercó corriendo a toda velocidad hacia el claro.

—¡Oh, Ben!, ¡estás bien! —Abrazó a su hijo con la misma fuerza con la que lo había hecho la dríade, hasta que Ben empezó a preocuparse de verdad por temor a que se le rompiera una costilla.

—Estoy bien, papá —dijo al final con la voz ronca—. De verdad que lo estoy.

Los dos se quedaron mirando mientras los policías arrastraban al Terrible Tío Aleister fuera del claro y le ponían las esposas. Se volvió para mirar al señor Arnold mientras lo amonestaban.

—Dodds vendrá a por ti y a por tu familia, Clive —le prometió—. Y cuando eso ocurra, un golpecito en la nariz como el que me has dado no lo detendrá.

—¿A que duele? —preguntó el señor Arnold con cara de inocente mientras contemplaba la sangre y el golpe con cierta satisfacción.

—Presentaré una denuncia contra ti —rezongó el Terrible Tío Aleister.

El sargento lo miró con una ceja enarcada.

—¿Habla en serio? No recuerdo que el señor Arnold le haya pegado. En cambio sí que lo hemos visto chocar a toda prisa contra ese árbol, ¿verdad, Tom?

El otro policía asintió decidido.

—Tiene que mirar por dónde va cuando camine a oscuras —le aconsejó.

—Gracias por su ayuda, señor Arnold —dijo el sargento—. Me alegro de que su chico esté bien. ¿Podemos llevarlos a casa?

Ben sacudió la cabeza. Miró a su padre.

—Podemos volver caminando, ¿verdad, papá? Al fin y al cabo, tenemos mucho de que hablar.

El señor Arnold sonrió.

—Sí, tenemos mucho de que hablar.

Caminaron junto a los rododendros y vieron cómo los policías metían al tío Aleister en la parte trasera de uno de los coches. A continuación, el convoy policial salió lentamente del parque, con sus luces azules dando vueltas en la atmósfera iluminada.

—¿Volver caminando a casa? —La voz procedía de la oscuridad—. Me parece que eso no va a ser posible.

Ben y su padre se volvieron poco a poco, un tanto asustados.

El señor Arnold soltó un grito ahogado.

Ben sonrió de oreja a oreja, tanto que creyó que le iba a explotar la cara.

Por encima de ellos había dos dragones de maravillosos colores, con las alas extendidas y volando en círculo para aterrizar.

—¡Zark! —gritó Ben.

—Y esta es mi esposa, Ishtar —dijo Zark.

Ishtar planeó hasta detenerse frente a ellos, sus escamas formaban un maravilloso tapiz de azules, dorados y violetas, mientras que las de su marido eran del color de las llamas.

—¡Hola de nuevo, Ben! —dijo, y el chico se dio cuenta de que Ishtar debía de ser el dragón que había visto al otro lado del sendero, el que había confundido con Zark en la oscuridad, llevado por el miedo de esos últimos minutos en Eidolon.

—Hola —tomó aire, boquiabierto por su presencia—. ¿Qué hacéis aquí?

—Hemos estado muy ocupados —explicó Zark, y sacó todo el aire que tenía en los pulmones, henchido de orgullo, con tanta fuerza que le salió vapor por la nariz, seguido de una delgada llama—. Hemos estado volando alrededor del mundo rescatando a las criaturas que Dodman se había llevado de Eidolon. Ya hemos recuperado media docena de tigres de dientes de sable, una cría de mamut, algunos sátiros y un pequeño estegosaurio. Anoche, Viejo Espeluznante y sus trasgos atraparon a nuestro querido amigo Zoroastro y se lo llevaron por el sendero, y hemos vuelto para liberarlo.

Ben se lo repitió todo a su padre, y el señor Arnold estaba cada vez más perplejo. Entonces dijo:

—Puede que vuestro amigo ya se haya ido. Media urbanización King Henry se ha incendiado y uno de los vecinos de Aleister balbuceó algo sobre que había visto un dragón saliendo de un camión que estaba aparcado en la entrada de su casa. Por supuesto que nadie le creyó. —Sonrió—. Bueno, ahora ya lo he visto todo. ¡Qué historia tan maravillosa para contarle a tu madre!

—¿Cómo está? —preguntó Ben con impaciencia.

Su padre frunció el ceño.

—No está bien. —Entonces sonrió—. Pero está muy decidida a irse a casa. Dicen que podrá dejar el hospital en uno o dos días.

Ben dejó escapar un suspiro de alivio. ¡Peor es nada!

—Bueno, no os quedéis ahí —dijo Zark con impaciencia. Agachó un ala hacia Ben, quien se subió con cuidado a su lomo.

—No vueles demasiado alto —le pidió el chico.

Ishtar le ofreció un ala al señor Arnold.

—Será un honor llevar al padre del príncipe de Eidolon —dijo.

—¿Cómo? —preguntó el señor Arnold. Pero, aunque no entendía el lenguaje de los dragones, se subió a bordo.

—¡Pues come si tienes hambre! —se burló Ben entre risas.

Los dragones alzaron el vuelo y sobrevolaron el parque Aldstane en dirección a los primeros destellos del alba.

Epílogo

Pasados dos días, la madre de Ben, que en un mundo era conocida como señora Arnold y en otro como reina Isadora, regresó al hogar familiar. Llevaba en brazos a la pequeña Alice y consiguió, por primera vez en muchos meses, ir andando desde el coche hasta el jardín, y luego entrar en la casa, pasando por debajo de la pancarta de bienvenida que habían colgado Ben y Ellie en la entrada esa misma mañana.

El señor Arnold cerró la puerta cuando su mujer estuvo en el interior de la casa.

—Bueno, ya volvemos a estar juntos otra vez —dijo sonriendo.

El señor Arnold abrazó a su mujer, y ella le dio un beso. Ben se dio cuenta de que su madre tenía las mejillas sonrosadas y que sus verdes ojos brillaban de alegría.

—Gracias a todos, amores míos —dijo ella—. Gracias por ser tan valientes. Sé lo que habéis hecho por mí —hizo una pausa—, y por Eidolon.

El señor Arnold bajó la vista, luego sonrió de forma forzada. Ayudó a su mujer a llegar al sofá y le preparó una taza de té.

—Ponte cómoda —le sugirió—. Tengo algo que enseñarte. —Le trajo un ejemplar de *La gaceta de Bixbury* y se lo ofreció satisfecho—. Mira —le dijo con orgullo—. En primera plana.

DESARTICULADA BANDA DE TRÁFICO DE ANIMALES PELIGROSOS

Ese era el titular, y debajo decía:

Una pajarería era la tapadera para la venta ilegal de animales

Ayer, la Gran Pajarería del señor Dodds, situada en la calle principal de Bixbury, fue objeto de un registro exhaustivo después de que un redactor de este periódico, Clive Arnold, diera el aviso a la policía de la presencia de ciertos animales peligrosos retenidos de forma ilegal en la trastienda, así como en diversos locales de la ciudad. La policía no ha hecho públicos los detalles de sus hallazgos, aunque el inspector jefe David Ramsay hizo las siguientes declaraciones: «Créanme, no resultaría conveniente que estos animales anduvieran sueltos por las calles de Bixbury. Las consecuencias serían desastrosas. Muy desastrosas».

Las criaturas –entre las que hay grandes depredadores, mamíferos acuáticos y lo que podría ser un cocodrilo gigante– permanecían retenidas en unas condiciones pésimas e insalubres. Muchas estaban muriendo de hambre y otras estaban a punto de perecer a causa de la terrible experiencia. Todos los animales recuperados han encontrado un nuevo hogar, según el portavoz de la policía. Otros agentes del país se movilizarán para rescatar a cualquier animal que haya sido vendido antes de la redada.

En la actualidad, los cuerpos de seguridad no tienen pistas del paradero del dueño de la pajarería, el señor A. E. Dodds, pero la policía solicita la colaboración ciudadana para obtener información al respecto. Cualquiera que tenga algún dato debe ponerse en contacto con el Centro de Coordinación de Investigaciones de la policía de Bixbury de inmediato. Se advierte a los ciudadanos de que no se acerquen al sospechoso, puesto que puede ir armado y está considerado un individuo extremadamente peligroso.

Mientras tanto, su socio, el señor Aleister Espeluznante, permanece bajo custodia policial y colabora con la policía en sus pesquisas. Mañana se le acusará de doce delitos contra la Ley de Tenencia de Animales Peligrosos. Su esposa Sybil, de 43 años, y su hija Cynthia, de 14, fueron interrogadas, pero las liberaron después de una noche en prisión y un montón de quejas.

La pajarería permanecerá cerrada de forma indefinida. El inspector jefe Ramsay añadió estas palabras a su declaración oficial: «La policía y el pueblo de Bixbury tienen con el señor Arnold una deuda de gratitud por haber destapado este desafortunado negocio. Si duda alguna, su perseverancia y valor han salvado muchas vidas».

—Lo ha escrito el mismísimo director del periódico —dijo el señor Arnold—. Estaba encantado con la exclusiva. Además, Izzie, ¡me ha ascendido a subdirector!

—¡Bien hecho, Clive! —ella le apretó una mano—. ¡Eres mi héroe!

Ben y Ellie intercambiaron una mirada. La niña entornó los ojos.

—¡Dios! —exclamó—. Si van a ponerse babosos, me voy a ver la tele.

Sin embargo, la noticia también salía en el telediario, junto con otras historias sobre avistamientos de extraños animales en todo el país.

—Tenemos muchos rescates pendientes —anunció Ben. Y sonrió a su hermana—. Será divertido.

—Bueno, yo no pienso empezar todavía —dijo Ellie—. Voy arriba a arreglarme las uñas.

Ben la siguió.

—Voy a jugar con mi gato —dijo.

—No es tu gato —le respondió Ellie.

—Bueno, está claro que no es tuyo.

—Los gatos no pertenecen a nadie —apuntilló una voz, y doblando la esquina, por la puerta de la habitación de Ben, apareció un gatito negro y marrón con ojos dorados y brillantes. Era Ignatius Sorvo Coromandel—. Aunque puede que no les importe fingir que son de alguien si los alimentan bien —añadió con una sonrisa esperanzada.

Ben y su hermana rieron.

A la mañana siguiente, Ben descorrió las cortinas de su cuarto y miró el mundo, que parecía un lugar más prometedor desde hacía una semana. Los colores parecían un poco más intensos y los pájaros cantaban un poco más alto.

Iggy se desperezó a los pies de la cama de Ben, donde había pasado la noche, y se acercó para mirar por la ventana junto al chico. Había un mirlo especialmente alborotador que piaba en la puerta del jardín. Iggy lo miró con ojos penetrantes.

—¿Cómo te atreves a despertarme con ese jaleo? Voy a por ti —le prometió, gruñéndole a través del cristal.

—Lo dudo —dijo Ben. Dio un golpecito en la ventana para que el pájaro se asustara y se fuera, pero lo único que ocurrió fue que salió volando un par de centímetros por encima de la verja, aleteó con frenesí y cayó en picado. Al revolverse, Ben pudo ver que estaba atado a una cuerdecilla y frunció el ceño. ¿Por qué habrían atado un mirlo a la verja del jardín?

Se echó su nuevo anorak sobre el pijama y corrió escalera abajo con Ignatius Sorvo Coromandel trotando a la zaga.

—No te lo comas —advirtió Ben al gatito—. No sería justo.

—Todo vale en el amor y en la guerra —sentenció Iggy con alegría.

Sin embargo no se trataba de un mirlo. Era un pájaro mina. Miró al chico con sus ojillos como cuentas negras, luego miró al gato y soltó un graznido. Al final, abrió su gran pico naranja de par en par.

—Dodman te envía sus saludos —declaró de forma extraña y mecánica como si se hubiera aprendido la frase de memoria—. ¡Grajjj!

—¡¿Cómo?! —preguntó Ben, horrorizado.

—Viene a por tu madre. ¡Grajjj! Se la llevará y con su poder acabará con toda la magia del mundo. ¡No hay nada que puedas hacer para detenerlo! Vendrá cuando menos te los esperes y, si te interpones en su camino, acabará también contigo. ¡Grajjj!

Agachó la cabeza en dirección a Ben, y cambió el peso del cuerpo de un lado a otro

—¿Por qué no me quitas esta maldita cuerda, amiguito? —le pidió—. Yo ya he hecho mi parte, he transmitido el mensaje. —Le echó a Iggy una mirada severa con uno de sus brillantes ojos perfilados de naranja—. No dejes que ese gato me eche la zarpa, ¿quieres, amiguito? No me gusta la forma en que está mirándome.

—El gato no te hará daño —dijo Ben con seriedad—. Cuéntame quién te ha dado ese mensaje y lo que significa, y te desataré.

El pájaro se lo pensó con la cabeza ladeada.

—Bueno, pareces honesto —dijo al final—. Fue el Señor en persona quien me dio el mensaje y, si conoces a Dodman, sabrás que habla en serio.

Ben sintió que le invadía una horrible oleada de hastío.

—Iggy, entra corriendo y asegúrate de que mi madre está bien.

El gato se ausentó durante menos de un minuto.

—Está dormida —informó lanzando un sonoro bostezo—. Como cualquier persona con dos dedos de frente a estas horas de la mañana. —Miró fijamente al pájaro mina con un ojo color ámbar, y el pájaro empezó a dar vueltas y a saltar con incomodidad.

—Venga, amiguito —rogó el pájaro a Ben—. Desátame, sé justo. No mates al mensajero y todo ese rollo.

—¿Llevarás un mensaje a tu amo en mi nombre? —le preguntó Ben.

El pájaro lo miró fijamente con uno de sus ojos como cuentas.

—Si me desatas, lo haré —respondió con una tremenda falta de sinceridad.

—Está bien. Dile a Dodman... dile que el príncipe de Eidolon le envía saludos y una advertencia. Dile que deje a mi madre en paz... o si no... si no... Y eso. —Y terminó de hablar con un hilillo de voz. No se le ocurría ninguna amenaza convincente—. ¿Lo has entendido?

El pájaro emitió un silbidito como de estar pensando, luego repitió el mensaje, palabra por palabra.

—Está bien —dijo Ben. Desanudó la cuerda con la que el señor Dodds había atado el pájaro a la verja y el animal salió volando con torpeza hacia el cielo del amanecer.

—¿Y eso? —repitió Iggy con tono de sorna—. ¿Qué clase de amenaza es esa?

Miró al pájaro marcharse con los ojos muy abiertos.

—Ya lo sé —respondió Ben con un suspiro—. No se me ocurría nada. Tal vez estuviera mintiendo. Tal vez se lo había inventado todo.

Sin embargo, en el fondo de su corazón, sabía que no era así. Una sombra había vuelto a posarse sobre su mundo, una sombra que deseaba que se esfumara.

—¡Oh, Iggy!, Dodman ha estado aquí. Ha estado en nuestra casa. Sabe dónde está mi madre. Ha amenazado con venir a por ella. Debemos detenerlo de una vez por todas. —Ben se sentó en la hierba con la cabeza entre las manos e intentó pensar.

—Venga —dijo Iggy amablemente después de un rato, al tiempo que empujaba con la cabeza una pierna de Ben—. Vamos adentro.

Ben intentó sonreír.

—Vamos a desayunar —dijo, intentando parecer más alegre de lo que estaba en realidad—. No puedo pensar en nada de esto con el estómago vacío.

Iggy asintió en silencio.

—La comida suele ser el mejor principio.

Así que niño y gato entraron en silencio en la cocina del número 17 de Underhill Road y se prepararon un desayuno digno del príncipe de Eidolon y un gran explorador conocido con el nombre de Trotamundos.

A continuación, se plantearon qué hacer en cada uno de los mundos.

Índice

PRIMERA PARTE
AQUÍ

1. La Gran Pajarería del señor Dodds   9
2. Un cambio de idea repentino 16
3. Las pirañas de Cynthia 26
4. El País Secreto 37
5. Momentos mágicos 48
6. Palillo 59
7. Aquí hay gato encerrado 70
8. Senderos 85

SEGUNDA PARTE
ALLÍ

9. En la casa del Terrible Tío Aleister 111
10. Un descubrimiento sorprendente 123
11. Xarkanadûshak 138
12. Eidolon 150
13. Cautivo 159
14. El castillo de la Jauría de Gabriel 169
15. La Habitación Rosa 183

16. Ignatius Sorvo Coromandel 189
17. El mensajero 200
18. El mensaje 209
19. El Hombre Astado 215
20. Amigos 226
21. El Señor del Bosque 233
22. La Piedra Antigua 241

Epílogo 253

Impreso en Talleres Gráficos
LIBERDÚPLEX, S.L.U.
Pol. Ind. Torrentfondo
Ctra. Gelida BV-2249 Km. 7,4
08791 Sant Llorenç d'Hortons (Barcelona)